MAURICE LEBLANC

La Vie extravagante de Balthazar

LE LIVRE DE POCHE

LA VIE EXTRAVAGANTE DE BALTHAZAR

Fils d'armateur, Maurice Leblanc est né à Rouen en 1864. Il étudie le droit, travaille chez son père, puis se lance dans le journalisme. Il a déjà écrit des romans classiques quand paraît en 1907 son premier ouvrage « policier » : Arsène Lupin gentleman-cambrioleur.

Le personnage devient immédiatement populaire et son créateur en fait le héros d'une longue série d'aventures dont le public suit avec enthousiasme les péripéties depuis l'humoristique Arsène Lupin contre Herlock Sholmès *(1908) ou les grandes réussites de* L'Aiguille creuse *(1909),* Le Bouchon de cristal *(1912) ou* Les Huit Coups de l'horloge *(1921) — pour ne citer que les plus célèbres — jusqu'à* La Cagliostro se venge *(1935), soit plus de trente récits, traduits dans vingt-deux langues.*

Théâtre, cinéma, radio ont accaparé aussi ce héros agile et joyeux, toujours prêt à la blague comme à la bonne action, tantôt chef de bande, tantôt acteur en solo des entreprises les plus téméraires, se riant de la police ou, l'âge venant, se substituant à elle comme détective selon son humeur — mais à jamais cambrioleur... et gentleman.

Maurice Leblanc est également l'auteur d'autres romans d'aventures ou de science-fiction ayant des protagonistes différents.

Parmi ceux-ci, La Vie extravagante de Balthazar *doit être considéré comme une charge du roman d'aventures. Le titre, les noms des héros, Balthazar et Coloquinte, en sont un premier témoignage. Par là, il se distingue d'une façon originale de l'ensemble de l'œuvre de Maurice Leblanc.*

Frère de la comédienne Georgette Leblanc (qui fut la compagne de Maurice Maeterlinck et l'interprète de ses œuvres), Maurice Leblanc est mort en 1941 à Perpignan.

Quel commerçant prospère voudrait donner sa fille à un pauvre hère sans métier, sans fortune, sans père ? Devant l'ironie du sieur Rondot à qui il est venu demander la main de la belle Yolande, le jeune Balthazar s'insurge. Le métier, il l'a puisqu'il est professeur. Il va de ce pas chercher le reste qu'il se fait fort de trouver.

Comme en réponse, il reçoit deux lettres. L'une, signée : « ton père », indique comment récupérer un legs caché au creux d'un chêne. L'autre le convoque par-devant notaire pour s'entendre dire qu'il est le fils du comte de Coucy-Vendôme et s'appelle Godefroi. Le comte est-il le donateur au chêne ? Non.

Ainsi il aurait deux pères et deux identités. Est-il Godefroi ou Gustave ? A peine a-t-il le temps se s'interroger qu'on l'enlève et l'em-

(suite au verso)

porte de l'autre côté de l'Adriatique. Un nouveau père le réclame avec les mêmes preuves à l'appui !
Il ne sera pas le dernier mais, en attendant le cinquième larron qui proclamera sa paternité, notre héros passera par de rudes chemins et d'horrifiques aventures. Ah ! direz-vous, c'est extravagant. Hé ! oui : *la vie extravagante de Balthazar* est un titre qui donne ce qu'il promet — une variation sur les thèmes classiques du mélodrame où Maurice Leblanc donne libre cours à son goût pour la fantaisie dans un récit étourdissant d'invention.

ŒUVRES DE MAURICE LEBLANC

Dans Le Livre de Poche :

ARSÈNE LUPIN, GENTLEMAN CAMBRIOLEUR.
ARSÈNE LUPIN CONTRE HERLOCK SHOLMES.
L'AIGUILLE CREUSE.
LES CONFIDENCES D'ARSÈNE LUPIN.
LE BOUCHON DE CRISTAL.
813.
LA COMTESSE DE CAGLIOSTRO.
LES HUIT COUPS DE L'HORLOGE.
LA DEMOISELLE AUX YEUX VERTS.
LA BARRE-Y-VA.
LE TRIANGLE D'OR.
L'ÎLE AUX TRENTE CERCUEILS.
LES DENTS DU TIGRE.
LA DEMEURE MYSTÉRIEUSE.
L'ÉCLAT D'OBUS.
L'AGENCE BARNETT ET Cie.
VICTOR, DE LA BRIGADE MONDAINE.
LA CAGLIOSTRO SE VENGE.
LA FEMME AUX DEUX SOURIRES.
LES TROIS YEUX.
LE FORMIDABLE ÉVÉNEMENT.
DOROTHÉE, DANSEUSE DE CORDE.

Dans la Série Jeunesse :

ARSÈNE LUPIN, GENTLEMAN CAMBRIOLEUR.
LA DOUBLE VIE D'ARSÈNE LUPIN.
813 : LES TROIS CRIMES D'ARSÈNE LUPIN.
L'AIGUILLE CREUSE.

La ligne est vague et conventionnelle entre ce qui est vraisemblable et ce qui ne l'est point. Il suffit de bien peu de chose pour qu'une œuvre d'imagination tourne vers la parodie et que des personnages qu'on a voulu pathétiques fassent figure comique et absurde.

Si je n'ai pas pu, en ce livre, éviter cet écueil, je ne m'en soucie guère. Avant tout, je redoute le guindé, le compassé, d'avoir l'air de croire que c'est arrivé et de paraître prendre au sérieux ce qui ne tire sa valeur que de la fantaisie qu'on y apporte, de la bonne humeur, de l'exceptionnel, et même de l'extravagant.

Sourire quand on imagine et que l'on écrit, c'est inciter à croire ceux qui vous lisent. Je n'ai jamais prétendu faire penser, mais tout simplement amuser et distraire. Sans doute est-ce là une ambition proportionnée à mes moyens.

M. L.

I

LE HÉROS D'UN ROMAN N'EST PAS TOUJOURS UN HÉROS

« Ainsi, mon petit monsieur, vous avez pu croire que moi, Charles Rondot, commerçant honorable, et connu comme tel dans le quartier des Batignolles, j'accorderais la main de ma fille à un homme qui n'a pas de père ? »

Le haut du corps agressif, les bras croisés et projetés en avant de la poitrine, la figure écarlate, les sourcils en bataille ainsi que les crocs de la moustache, le buste trop lourd pour les jambes fluettes, Charles Rondot aurait dû logiquement perdre l'équilibre et s'écrouler sur le malheureux prétendant dont l'audace le gonflait d'indignation.

Balthazar s'en rendit compte avec effroi. Assis du bout des fesses à l'extrême bord d'une chaise, il se faisait tout petit devant la menace, rentrait son cou dans son faux col, cachait son unique gant jaune beurre dans son chapeau haut de forme, et son chapeau sous le pan d'une redingote noire dont les mites n'avaient pas dédaigné le drap luisant.

D'aspect chétif, les genoux et les coudes pointus, Balthazar était mince et pâle. Son menton et ses joues s'ornaient d'une toison molle et soyeuse comme des cheveux, tandis que son crâne portait une végétation courte et drue comme les poils d'une barbe clairsemée. Le nez était large et sensuel, un nez d'homme gras, les yeux aimables et doux.

Essayant de plaisanter, il insinua timidement :

« Tout enfant suppose un père, cher monsieur...

– Un enfant qui n'a pas de nom n'a pas de père, jeune homme ! rugit Charles Rondot et quand on n'a ni père, ni état civil, ni situation sociale, ni domicile avouable, on ne cherche pas à capter la confiance d'un honorable commerçant.

– Pas de domicile ! s'écria Balthazar qui se rebiffait. Et la villa des Danaïdes ? Pas de situation ! Et mon poste de professeur ? »

La colère de l'honorable commerçant tomba d'un coup pour faire place à une hilarité qui lui secouait le ventre.

« La villa des Danaïdes !... Monsieur Balthazar, professeur ! Ah ! parlons-en !... »

Le rire ne seyait pas à un entretien de ce genre. Charles Rondot se contint. Armé d'une gravité soudaine, et gardant un silence que Balthazar n'aurait pas osé rompre, il mesura d'un pas réfléchi la pièce qui lui servait de bureau particulier, en arrière de ses magasins.

Lorsque son discours fut prêt, il se planta devant Balthazar et prononça, en manière de préambule :

« Il y a deux mois, jeune homme, que vous avez rencontré ma fille Yolande, au cours de demoiselles où vous professez « la philosophie quotidienne ». Ma fille, mordant, comme elle dit, à cette branche de l'éducation moderne, mais n'ayant pas saisi un traître mot de vos conférences, abandonna le cours et vous fit demander des répétitions particulières. Elles eurent lieu chez nous, et vous donnèrent l'occasion de si bien prendre pied dans la maison, de vous insinuer si adroitement dans les bonnes grâces de votre élève, qu'un beau jour – il y a de cela une semaine – elle faisait allusion devant moi à certain projet de mariage... »

Balthazar eût pu interrompre Charles Rondot et objecter qu'il n'aurait jamais levé les yeux sur Mlle Rondot, si elle ne lui avait, elle-même, à brûle-pourpoint, déclaré une flamme d'autant plus inattendue qu'il ne se croyait ni les qualités, ni le physique d'un séducteur. Mais Charles Rondot reprenait déjà :

« Un mariage entre ma fille et vous ! Evidemment, Yolande a subi une de ces crises qui jettent les jeunes filles les plus adroites à la tête du premier imbécile qui passe. C'est une enfant un peu exaltée, trop assidue aux matinées de la Comédie-Française, et qui, elle-même, « fait » de la poésie. Donc, simple toquade de sa part, et dont j'aurais pu ne pas me soucier. N'importe ! Une heure après, je m'adressais à l'agence de renseignements X. Y. Z. Qui étiez-vous ? D'où sortiez-vous ? Quels moyens d'existence ? X. Y. Z. a poursuivi son enquête. Voici la réponse, monsieur. »

Du revers de ses doigts, Charles Rondot frappait sur une lettre dépliée, et regardait Balthazar avec l'œil sévère du juge d'instruction qui ouvre, devant le prévenu, un dossier tout craquant de preuves.

Le prévenu n'en menait pas large. On l'eût mis en face d'un cadavre dépecé qu'il n'aurait pas fait plus médiocre contenance.

Et le juge d'instruction commença :

« Le sieur Balthazar... (une pause lourde de suspicion, l'œil devint sarcastique : appelle-t-on sieur un homme qui n'a rien sur la conscience ?) le sieur Balthazar habite, si j'ose m'exprimer ainsi, par derrière la butte Montmartre et au-delà des fortifications, dans un terrain où grouillent des cahutes et des « cambuses » de chiffonniers, et que l'on appelle la Cité des Baraques. La villa des Danaïdes, à laquelle on accède par un ruisseau de boue et de détritus, se compose d'un petit enclos, de deux arbres morts et d'un vaste tonneau qui sert de chambre à coucher, de salon et de cuisine. Sur la barrière, on lit : « Balthazar, professeur. » Professeur de quoi ? De tout et de rien, pourrait-on dire. Précisons. Professeur de philosophie quotidienne pour demoiselles, de tango pour dames mûres, et de prononciation française pour étrangers... Professeur de dégustation dans un « bouchon » de Montmartre. Professeur de billard et de culottage de pipes à Clignancourt... etc. Ces divers métiers ne lui rapportent pas grand-chose, ce qui ne l'empêche pas de s'offrir les services de la nommée Coloquinte, petite orpheline qui fait le ménage de quelques chiffonniers, et notamment nettoie, éponge, astique, fourbit la villa des Danaïdes. En dehors de cette Coloquinte, qu'il intitule sa dactylographe, et de M. Vaillant du Four, un vieil ivrogne dont la villa est contiguë à sa villa, le sieur Balthazar entretient des relations cordiales avec tous ses voisins et ne se gêne pas pour leur faire, à l'occasion, ses confidences. « Un enfant trouvé, dit-il, voilà ce que je suis... trouvé par moi-même, un matin de décembre, sur une grand-route, et qui, depuis, a mangé comme il a pu, et s'est élevé comme il a pu. Des papiers, des actes de naissance ? un nom de famille ? une mère ? un père ? Billevesées ! On s'en passe comme de chaussettes et de chemises ! » Le sieur Balthazar s'est peut-être passé de chemises et de chaussettes. Il ne s'en passe plus. Il fait même empeser ses faux cols, vide des flacons d'odeur, fume des cigares de luxe, et glisse parfois cent sous à des voisins dans l'embarras... Comment expliquer de telles prodigalités ? Nous avons poursuivi nos recherches jusqu'à la dernière limite, et, à travers les potins et les exagérations, fini par démêler certains faits corroborés par les preuves les plus certaines et dont il est assez étrange que la justice n'ait pas même été saisie. Notre rôle se bornant à vous renseigner, nous le ferons sans commentaires et en quelques lignes, où nous vous prions de trouver la conclusion de notre minutieuse enquête. »

Charles Rondot s'arrêta pour juger de l'effet produit par cette lecture. Balthazar lui sembla bouleversé. Les yeux fixes, un peu de sueur au front, le jeune homme écoutait avec un ahurissement visible l'histoire la plus secrète de sa vie intime.

« Dois-je achever ? » demanda M. Rondot de plus en plus sévère.

Balthazar ne répondit pas. L'honorable commerçant se pencha vers lui, et, le papier à la main, chevrota d'une voix sourde :

« A la fin du mois d'août, donc il y a huit mois, le sieur Balthazar a reçu, trois jours consécutifs, la visite d'un gros homme corpulent qui, chaque fois, resta plusieurs heures avec lui et qu'il reconduisit jusqu'aux fortifications. Or, la semaine suivante, les journaux publiaient le portrait du gros homme corpulent et annonçaient son arrestation.

« Nous aurons la pudeur de ne pas insérer ici le nom de ce gros homme, ni celui de la bande redoutable qu'il a formée, et nous ne voulons faire aucune supposition sur les rapports qui ont pu exister entre le célèbre bandit et le professeur de philosophie quotidienne. Mais nous devons noter que c'est à la suite de ces entrevues que le sieur Balthazar a distribué de l'argent, dans le but peut-être de prévenir des dénonciations qui, contrairement à toute vraisemblance, ne se sont pas produites. La maison X. Y. Z. qui ne s'aventure jamais sur le terrain des hypothèses, soumet les faits à votre sagacité, vous les expliquera de vive voix si cela vous agrée, et vous prie de recevoir l'assurance de sa respectueuse considération. »

Le rapport était fini. Charles Rondot l'empocha lentement, sans lâcher des yeux son adversaire. Comment allait-il se défendre ? Quelles raisons valables donnerait-il de ses accointances avec une bande de malfaiteurs ? Complice ou dupe... qu'était-il ?

« Je sais ce qui me reste à faire », murmura Balthazar.

M. Rondot recula, dans la crainte d'un coup de couteau. Mais Balthazar se leva tout simplement, saisit son chapeau et enfila sont gant jaune beurre.

« Mes compliments, monsieur. »

Et il se disposait à sortir, quand soudain il fit

face à l'honorable commerçant, et lui dit d'un ton ferme :

« Et si je persiste dans ma demande ?

– Si vous persistez ?... répliqua M. Rondot, que ce revirement démonta.

– Oui, si je maintiens ma prétention à la main de Mlle Yolande, votre fille, à quelles conditions me l'accorderez-vous ? »

Il avait tiré de sa redingote un calepin et un crayon, et il attendait, l'air digne d'un maître d'hôtel qui sollicite le menu du client.

M. Rondot était suffoqué. L'adversaire dont le cou maigre émergeait maintenant du faux col comme un cou de héron, lui semblait subitement grandi. Il articula :

« D'abord vous expliquer sur les visites du gros homme corpulent et sur cette affaire des bandits. »

Balthazar nota, en répétant tout haut, et comme si on lui commandait un potage Saint-Germain et un turbot...

« Gros homme corpulent... Affaire des bandits... Et avec ça ?

– Avec ça, reprit Charles Rondot, tout à fait dominé... Avec ça, il me faudrait un nom... un nom et un père.

– Un nom et un père, inscrivit Balthazar. Et puis ?

– Et puis une situation, que diable ! des appointements !... une somme liquide !

– Situation... appointements... somme liquide... »

Balthazar referma son calepin.

« C'est bien, monsieur. Je ne reparaîtrai devant vous que le jour où il me sera possible de vous donner satisfaction. Croyez que je m'y emploierai de mon mieux, et recevez, monsieur, mon humble salut. »

Il s'inclina et marcha vers la porte, du pas assuré d'un homme qui a subi crânement les pires épreuves. Il se disposait même, après avoir ouvert un premier battant capitonné, à se retourner et à lancer à son futur beau-père un suprême au revoir, lorsqu'il s'aperçut que la porte était entrebâillée et qu'une forme féminine se dissimulait dans l'ombre d'un couloir attenant au vestibule principal.

« Vous, vous ! Yolande ! »

Elle lui plaqua les deux mains sur les épaules et chuchota ardemment : « Vous avez été admirable. Vous êtes mon fiancé à la vie, à la mort. Allez, mon ami, et gagnez la bataille. »

Balthazar essaya faiblement de réagir :

« Ah ! Yolande, tout cela est contraire aux principes de la philosophie quotidienne que je vous ai enseignée. Il faut tenir nos passions en laisse et réduire nos rêves à la mesure de nos pauvres vies humaines.

— L'amour emporte tout, Balthazar. »

Elle prononçait Balthassar, et les trois syllabes prenaient en sa bouche toute l'ampleur que mérite le nom d'un roi chaldéen. Ses yeux luisaient dans son beau visage, sa chevelure en diadème avait les reflets d'un casque d'acier. Puissante, taillée en force, plus haute que lui d'une demi-tête, elle gardait, malgré l'exaltation de ses paroles, l'attitude majestueuse d'une reine de théâtre.

Balthazar fut ébloui.

« Je gagnerai la bataille, dit-il d'une voix haletante. Je veux vous conquérir. Vous êtes ma toison d'or. »

Elle pesait si lourdement sur ses épaules débiles qu'il tomba à genoux et il gémissait, tandis que son chapeau roulait jusqu'au vestibule.

« Ma toison d'or!... Je vous jure d'atteindre le but... et de me laver de toutes les accusations. Le gros homme corpulent, par exemple, est-ce que je le connais? Ai-je le temps de lire les journaux? Et je prouverai aussi que tous ces bandits...

– Ah! fit-elle, que m'importe tout cela! Si vous êtes l'ami d'une bande de brigands, si vous vivez en dehors des lois, irai-je vous le reprocher? Ayez un nom, Balthassar, retrouvez votre père... Je vous donne six mois pour me conquérir. »

Ils se turent. Courbée au-dessus de lui, on eût dit qu'elle l'armait chevalier et l'expédiait aux Croisades.

Puis, avec une passion subite, elle ravagea de baisers la petite végétation de poils qui lui garnissait la tête et qu'il avait par bonheur arrosée d'eau de Cologne.

« Va, mon Balthassar, combats pour ta Yolande. Va, mon chéri. »

Il sortit en frappant des pieds sur le trottoir et en bombant la poitrine. Jamais allégresse plus noble et rêve plus généreux ne l'avaient transporté. Et, jamais non plus, aucun but ne lui avait semblé plus facile à toucher de la main. Un père? Mais cela se croise à tous les coins de rue! De l'argent? Une situation sociale? Quels enfantillages! Un peu de volonté suffit.

Coloquinte, sa dactylographe, l'attendait au square des Batignolles, chargée d'une énorme serviette en maroquin dont le poids déformait sa jeune taille. Deux nattes blondes et raides pointaient de dessous sa toque de velours défraîchie.

« Ça y est », dit Balthazar.

Il s'assit sur un banc, essoufflé et comme dégonflé en partie de son effervescence.

« M. Rondot consent ? dit-elle.

– Oui.

– Ah ! quel bonheur, monsieur Balthazar ! Et Mlle Yolande ?

– Elle a été superbe... Peut-être a-t-elle tort de ne pas tenir compte de mes leçons de philosophie. Mais la raison reprendra ses droits entre nous.

– Alors tout est convenu ?

– Presque. Deux ou trois conditions insignifiantes. Et d'abord, il faut que je retrouve mon père. Tu viens ? »

Durant une heure, Balthazar, suivi de Coloquinte, arpenta les rues, en quête de l'homme qui l'avait mis au monde. Tous les passants étaient dévisagés d'un coup d'œil.

« C'est peut-être celui-là, se disait-il... Ou plutôt celui-ci... Même démarche que moi... même façon de porter le faux col... En vérité on croirait qu'il m'évite. »

Pour deux francs une somnambule extra-lucide, chez qui le mena Coloquinte, changea ses espoirs en certitudes.

« Argent... Situation lucrative... rencontre imprévue d'un monsieur qui s'intéresse à vous... un parent...

– Très proche ?

– Plus que proche.

– Mon père, évidemment, proposa Balthazar tout ému.

– Votre père, en effet... Un riche vieillard...

– A cheveux blancs ?

– Il n'a pas de cheveux... Pas de figure... Pas de tête non plus... ou du moins, je ne la vois pas... la tête reste dans l'ombre. »

L'idée d'avoir un père sans tête ne découragea pas Balthazar. L'essentiel était d'avoir un père, et il repartit à travers la ville qui s'illuminait peu à peu.

Sur le coup de sept heures, il constata avec étonnement, d'abord que Coloquinte, écrasée sous le fardeau de sa serviette, l'avait abandonné, et ensuite qu'il entrait dans le « bouchon » de Montmartre où précisément il devait se rendre ce jour-là, ainsi qu'au même jour de chaque mois, pour y donner des leçons de « dégustation » à quelques bourgeois du quartier, amateurs de bon petit vin pas cher. Balthazar, qui ne buvait jamais que de l'eau, n'y entendait absolument rien. Mais il avait une manière à lui, et si impérieuse, de distinguer le beaujolais du roussillon, et le suresnes telle année du suresnes telle autre, que les amateurs les plus avertis ne se fussent point risqués à le contredire.

D'ailleurs, M. Vaillant du Four, son voisin des Danaïdes, qui lui avait valu le poste agréable de dégustateur, et qui assistait, de fondation, à ces agapes, ne manquait jamais de l'approuver, et M. Vaillant du Fou, homme taciturne et vulgaire, dont la barbe blanche et la tenue rigide inspiraient le respect, possédait en ces matières toute l'autorité d'un ivrogne professionnel.

Balthazar se grisa comme l'exigeait le contrat, et ils s'en allèrent bras dessus, bras dessous, en chantant des couplets bachiques auxquels M. Vaillant du Four ajoutait cet inévitable refrain :

« Vaillant du Four, tu n'es qu'une fripouille... Tu entends, n'est-ce pas? une fripouille abominable... »

Aux fortifications, M. Vaillant du Four s'écroula, et Balthazar dut le traîner par un bras et par une jambe jusqu'à sa cabane. Lui-même eut bien du mal à retrouver les Danaïdes et à mettre la clef dans la serrure de son logis. Mais, sitôt la porte ouverte, il saisit la boîte d'allumettes et la bougie placées à l'endroit convenu par la prévoyante Coloquinte. Il alluma et fut stupéfait d'apercevoir, sous le flambeau, deux lettres. Depuis six ans qu'il habitait les Danaïdes, Balthazar n'avait jamais reçu de lettres. Qui donc lui eût écrit ? Personne ne connaissait son adresse.

Il décacheta l'une d'elles, et, bien que les fumées du vin le rendissent absolument incapable de comprendre un seul mot, il avait, tout en lisant, l'impression qu'il lisait quelque chose de tout à fait extraordinaire.

La lettre contenait ces lignes :

« Mon cher fils,

« Pardonne-moi la conduite que les circonstances m'ont forcé de suivre à ton égard. Je n'invoque aucune excuse : un père qui renie son fils, qui se cache de lui, et ne se fait pas connaître, c'est un mauvais père. Je te demande pardon.

« Aujourd'hui cependant que le moment approche où je vais comparaître devant Dieu, je voudrais réparer un peu mes erreurs, et, tout au moins, faire en sorte de te donner les joies de la vie et de la fortune.

« Tu en es digne. Quoique tu ne saches pas qui je suis, je n'ignore rien de ton existence difficile et de tes efforts méritoires pour rester dans la bonne voie. Continue, mon cher fils, et puisse l'acte de réparation que j'accomplis envers toi contribuer à ton bonheur.

« Balthazar, apprends ceci : dans un coin de la forêt de Marly, à l'emplacement exact que désigne le point que j'ai marqué au crayon rouge sur le petit plan ci-inclus, il y a une clairière, dont un orme touffu occupe le centre. Tu t'y rendras, et, là, tu suivras les instructions minutieuses que j'ai inscrites au coin du plan. Elles te conduiront près d'un vieux chêne au creux duquel j'ai glissé un portefeuille de cuir qui contient, en titres de rente et en billets, la somme de seize cent mille francs. Cette somme m'appartient en toute propriété. Je te la donne.

« Adieu, mon cher fils. Ces lignes te seront remises après ma mort. Respecte ma volonté, et pardonne-moi.

« Ton père. »

Balthazar répéta plusieurs fois... « ton père »... « ton père »... puis il décacheta l'autre missive.

Elle portait comme en-tête : « Etude de M^e^ La Bordette, notaire, rue Saint-Honoré. » Elle était ainsi conçue :

« Monsieur,

« Vous êtes prié de passer à mon étude le 25 du courant, à quatre heures du soir, pour affaire vous concernant.

« Veuillez agréer... »

Balthazar n'acheva pas. Le petit vin de Suresnes produisait son effet. Il tomba d'un bloc sur le matelas qui lui servait de lit.

II

SEULS LES FAITS DE LA VIE QUOTIDIENNE SONT A LA TAILLE DE NOTRE DESTIN

AUX rares minutes où Balthazar, faisant trêve à ses multiples travaux de professeur, s'oubliait en ruminations et songeries rétrospectives, il distinguait, sur la route de son passé, un petit vagabond, chétif et peureux, exposé à tous les vents et à toutes les misères, et qui n'avait d'autre souci que de ne pas mourir de faim. C'était lui.

Sans gîte ni pâture, il éprouvait la détresse du chien qui se donnerait au premier maître venu pour la joie d'aimer et la satisfaction de manger. Mais toutes ses haltes au bord de la route, toutes ses tentatives de dévouement, et tous les élans de son cœur ivre de tendresse, aboutissaient toujours à des drames où son derrière d'enfant jouait le grand premier rôle.

Ainsi avait-il aimé une grosse fermière qui faisait de lui le souffre-douleur de ses onze enfants. Ainsi s'était-il attaché à un savetier ambulant dont il traînait la lourde charrette. Fermière, forain, l'avaient rejeté loin d'eux, lui laissant un désespoir fou, et l'impression affreuse que jamais il ne compterait pour personne. Il était le paria, la victime désignée, le vagabond voué à la solitude.

Comment par la suite, au milieu de quelles péripéties et de quelles catastrophes, grâce à quelles circonstances, avait-il pu se redresser et s'affermir, il ne le savait pas trop. Entre les années mauvaises et sa jeunesse actuelle, ce ne fut que la révolte patiente et l'effort acharné de l'être qui veut échapper au malheur et se donner des règles d'existence adaptées à ses moyens, médiocres, hélas ! Peu de santé, une apparence chétive, une âme sensible aux moindres chocs, un déséquilibre nerveux qui l'inclinait toujours à souffrir et à trembler.

Toutes ces causes de défaillance, il s'en rendit maître. Sa sensibilité, il la disciplina. Il se fit la somme de volonté, de courage et de résignation dont il avait besoin pour se tenir droit, et il sortit de cette longue bataille silencieuse, avec une bonne culture, une vision personnelle de la vie, et une peur affreuse de tout ce qui est aventure, risque, coups du sort, poussées de l'instinct, gestes spontanés, une peur si profonde qu'il s'était fabriqué, sous le nom de philosophie quotidienne, un système d'idées et de théories propres à le garantir contre les embûches de son cœur inassouvi. Dénué d'ambition, content de tout, d'une ingéniosité nonchalante, il avait vingt métiers et s'occupait de mille petites choses. Il cultivait son jardin sans chercher à l'embellir, et ne regardait que discrètement vers le ciel ou vers l'horizon.

Pour l'instant tout son destin se ralliait autour de la villa des Danaïdes, simple tonneau, évidemment, suivant le terme de l'agence X. Y. Z., mais de si vastes dimensions, si bien aménagé et disloqué, pourrait-on dire, par le précédent propriétaire, que le logis, avec ses deux lucarnes, ses fondations de briques et ses annexes, ne manquait ni de commodité ni d'agrément.

Qu'on ajoute à cela le plaisir d'être servi par une femme de ménage à qui ses qualités d'ordre et de dévouement avaient valu le titre de secrétaire-dactylographe, quoiqu'elle ignorât à peu près ce que signifiait une machine à écrire, et l'on comprendra la paisible félicité dont jouissait jusqu'ici le professeur Balthazar.

Ce matin-là, Coloquinte qui, elle, ne possédait qu'un hamac à l'abri d'une soupente dressée contre la cahute de M. Vaillant du Four, traversa le clos des Danaïdes à l'heure où Balthazar, suivant son habitude aux lendemains de « dégustation », répandait sur son crâne l'eau d'un arrosoir.

Sans mot dire, elle lui prépara une tasse de café, puis, dépliant son énorme serviette de secrétaire-dactylographe, en tira un jeu de brosses et de chiffons à l'aide de quoi elle se mit à faire vigoureusement la toilette intérieure et extérieure du tonneau, à nettoyer les vêtements du professeur, à cirer les bottines, et à balayer le « jardin ».

Dans l'ardeur du travail ses deux nattes lui cinglaient la figure. Son teint de pâle adolescente s'animait. Un demi-sourire de contentement découvrait ses dents blanches. Elle avait de doux yeux qui se posaient parfois sur M. Balthazar avec une admiration candide et une tendresse sans limites. Il était visible que pour elle, et bien qu'elle ne le sût point, l'univers se bornait à ce personnage considérable, résumé de toutes les perfections, divinité qui méritait tous les sacrifices.

« Fini, dit-elle. Monsieur Balthazar, est-ce que je vous accompagne à votre cours de philosophie ?

– Parbleu ! »

Il l'avait toujours connue. Le jour même où, six ans auparavant, il prenait possession des Danaïdes, elle était là, venue on ne sait d'où, elle aussi enfant trouvée, sans autre nom que ce sobriquet de Coloquinte, et poussée sur ce sol ingrat comme une de ces graines auxquelles il suffit, pour germer, d'un peu de poussière. La similitude de leurs destins les avait rapprochés. Pour ceux qui viennent ils ne savent d'où, c'est un tel miracle que de prendre racine au même endroit !...

Balthazar n'aurait su se passer de Coloquinte. Il la voyait toujours telle qu'au début, comme une enfant, mais une enfant qui lui était devenue indispensable, ainsi qu'auraient pu l'être à la fois une gouvernante, une secrétaire, une habilleuse, un domestique, un bon chien fidèle, enfin tout ce qui est susceptible de rendre service et de se dévouer. Elle n'en demandait pas davantage.

« Allons », dit Balthazar, qui se mit en route.

L'institution de demoiselles où il tenait la chaire de philosophie occupait un petit hôtel du quartier Monceau. Trente jeunes personnes de la bourgeoisie moyenne cernaient l'estrade et jacassaient tandis que Balthazar exposait ses idées et théories. Jamais il n'avait pu obtenir de ces trente personnes qu'elles voulussent bien garder toutes à la fois le silence. Elles l'avaient, dès le début, jugé comme un de ces individus de second plan à qui l'on ne doit ni respect ni attention.

« La philosophie quotidienne, disait-il, envisage l'existence sous un angle pratique. Le bonheur n'est pas dans les grandes joies et les grands sentiments, mais dans les petites choses et les petits attachements. Ne s'intéresser qu'à ce qu'on voit et à ce qu'on touche. Borner son ambition à ce que la main peut atteindre. Ne pas rêver. Ne pas s'exalter. Découvrir le charme des actes les plus vulgaires. La poésie, les romans, les beaux spectacles, tout ce qui est héroïque et sublime, autant de périls contre lesquels je ne saurais trop vous mettre en garde. »

Ces considérations généreuses, qu'il présentait avec adresse et rehaussait d'aperçus piquants, eussent choqué vivement un jeune public féminin, si elles n'avaient été bredouillées d'une voix si basse que personne ne se fût risqué à tendre l'oreille. Seule, Coloquinte, assise près du maître, recueillait son enseignement, de sorte que les leçons se passaient comme si Balthazar eût fait un cours confidentiel à sa dactylographe. Dans le brouhaha des conversations, elle écoutait, les yeux agrandis par l'admiration, la bouche ouverte, et le visage flanqué de ses nattes comme de deux baguettes en paille tressée.

« Surtout, mesdemoiselles, défiez-vous de l'esprit d'aventure. Il ne se passe rien dans la vie. La vie est faite de réalités. Les aventures sont réservées à ceux qui les cherchent et qui, en quelque manière, les bâtissent de toutes pièces, comme des drames factices et dangereux. Il n'y a pas d'aventures, mesdemoiselles. Il n'y a que les faits de la vie quotidienne, qui sont toujours simples, modérés, logiques, naturels, à la taille de notre destin. Que si, parfois, devant notre imagination complaisante, ils prennent proportion d'aventure tragique ou romanesque, conservons notre sang-froid. Ne nous laissons pas entraîner dans le remous de péripéties où l'on ne trouve que déceptions, chagrins, amertumes et tristesses. Réagissons vigoureusement. Attendons. Et ce qui nous paraît un torrent déchaîné redevient tout bonnement la modeste et tranquille source où nous apaisons notre soif de chaque jour. »

Le professeur se leva, content de sa période finale dont il voyait l'effet sur le visage extasié de Coloquinte.

Quant aux trente jeunes personnes, elles s'étaient envolées dès le premier coup de midi, et il était midi cinq. Le long des rues, il continua son enseignement, et vingt minutes plus tard, ils arrivaient au parc Monceau où Balthazar, à califourchon sur un banc, favorisé d'un rayon de soleil qui perçait les ombrages naissants, se chauffa le dos tandis que Coloquinte s'empressait de le servir.

« Jambon, camembert et pain », dit-elle en extrayant les aliments annoncés de sa serviette de maroquin.

Ils déjeunèrent silencieusement. Balthazar aimait ces repas en tête-à-tête, qui, pour Coloquinte, représentaient tout le bonheur du monde. Elle bourra la pipe du professeur, lui tendit une allumette, lui offrit une tasse de café fabriqué dans une bouteille thermique. Puis ce fut la douceur d'une sieste que protégeait la jeune fille. Après quoi, Balthazar, bien d'aplomb, montra les deux lettres reçues la veille, celle de son père et celle du notaire qui le convoquait.

« Lis cela, Coloquinte, et donne-moi ton avis. »

Elle lut les lettres avec quelque stupeur et prononça d'un ton convaincu, mêlé d'appréhension :

« Oh ! monsieur Balthazar, en voilà des aventures ! Que d'ennuis et de chagrins pour vous ! »

Le professeur lui avait communiqué sa terreur

de l'imprévu, et elle redoutait tout ce qui pouvait l'atteindre et le meurtrir.

Il fut vexé : « Où trouves-tu des aventures? N'ai-je pas affirmé devant toi, tout à l'heure, qu'il n'y avait pas d'aventures dans la réalité, ou du moins qu'il n'y en avait que pour les déséquilibrés et les fous?

– Cependant... insinua timidement Coloquinte, cet héritage?... Ce portefeuille caché?... Votre père que vous retrouvez à l'heure voulue?...

– Et après! s'écria Balthazar de plus en plus froissé. Ce sont des faits de la vie quotidienne. Un père reconnaît son fils et lui lègue sa fortune... qu'y a-t-il d'extraordinaire?... »

Elle dit, confuse de son erreur :

« Evidemment... vous avez raison, monsieur Balthazar... Toutefois en ce qui concerne Mlle Yolande, n'est-ce point une chose qui n'est pas un fait quotidien?

– Illusion! dit Balthazar, qui ne voulait rien concéder. Feu de paille! Bulle de savon! Un jour les bans seront publiés, le jeune homme et la jeune fille échangeront les anneaux, ils auront des enfants... autant d'épisodes de la vie courante, comme toutes les aventures qu'on ramène à leurs justes proportions. »

Coloquinte murmura :

« En effet... en effet... mais je croyais que vous l'aimiez... »

Balthazar aimait-il? A quoi répondait la crise d'excitation qu'avait déchaînée en lui le baiser de la magnifique Yolande? Et surtout pourquoi la demande en mariage? Etait-ce un réveil sournois de son cœur? Etait-ce, de la part d'un homme aussi prudent, le besoin de se lancer à son tour dans cet inconnu dont il avait si grande peur? Ou bien avait-il tout bonnement subi l'influence de Yolande Rondot ? Il n'en savait rien. Un professeur de philosophie quotidienne ne s'analyse jamais, de crainte de se mettre en contradiction avec ses théories. Si on lui pose une question embarrassante, il tranche au hasard, sans souci de logique banale. Ou bien il se tait. Balthazar se tut.

Par le quartier de l'Europe, ils descendirent, taciturnes comme d'ordinaire. Balthazar choisissait les trottoirs ensoleillés. Coloquinte se redressait vaillamment sous son fardeau de dactylographe-femme de ménage. Rue Saint-Honoré, au deuxième étage d'une maison vénérable, maître La Bordette siégeait en face des portraits à l'huile de son père et de son grand-père auxquels il ressemblait si fort que les trois figures encadrées de favoris, semblaient celles d'un seul et même notaire.

Ce même notaire avait étudié tant d'affaires depuis un siècle, et vu en ce même bureau tant de drames et de niaiseries, que rien ne l'intéressait plus.

« Asseyez-vous, monsieur, dit-il, sans s'occuper de Coloquinte. Vous êtes bien la personne qui se fait appeler le professeur Balthazar ?

– Je ne me fais pas appeler ainsi, monsieur, c'est mon nom.

– Pouvez-vous le prouver ? »

Comme le professeur demeurait coi, maître La Bordette reprit d'une voix absente, en usant d'un pluriel qui laissait croire qu'il parlait également au nom de son père et de son grand-père :

« Ayant une communication importante à vous faire, monsieur, et ne sachant où vous découvrir, nous nous sommes adressé à l'agence X. Y. Z. qui nous a remis cette note :

« Le sieur Balthazar...

– Inutile, monsieur, interrompit Balthazar, je la connais. »

Maître La Bordette consulta son père et son grand-père, et, approuvé par eux, continua la lecture du rapport jusqu'à la dernière syllabe.

« Comme vous le voyez, monsieur, il n'y a là que des indications, et aucun renseignement précis sur votre identité. Vous est-il possible de nous procurer les pièces nécessaires, acte de naissance, livret militaire? »

Balthazar fit signe que, sous ce rapport, il était assez mal pourvu.

« Enfin quoi, monsieur, vous avez bien une carte d'électeur, un permis de chasse, votre quittance de loyer? »

Hélas! Balthazar eut beau tâter ses poches, c'étaient encore là de ces documents respectables qu'il n'avait pas l'honneur de posséder. Tout au plus put-il offrir un diplôme de « fin dégustateur » que lui avait délivré M. Vaillant du Four.

Maître La Bordette repoussa dédaigneusement ce chiffon.

« En somme, dit-il, pas de pièces probantes. Cela nous met dans l'obligation de procéder nous-même à cette enquête et de vous prier, si vous n'y voyez pas d'inconvénient, d'ouvrir le col de votre chemise. »

Cette formalité saugrenue ne parut pas surprendre Balthazar outre mesure. Il défit sa cravate et enleva son col. Au haut de la poitrine, il y avait les vestiges d'un tatouage où se distinguaient encore trois lettres à demi effacées.

Le notaire se pencha, une loupe à la main, et déclara :

« M. T. P. Les trois lettres y sont. Nous sommes d'accord. Il ne nous reste plus qu'une épreuve pour que toute vérification soit dûment accomplie. »

Il présenta un tampon enduit d'encre et ordonna :

« Veuillez imprimer là-dessus la face interne de votre pouce gauche. Non, monsieur, celui-ci est votre pouce de la main droite. Nous avons besoin de la gauche et de l'extrémité du pouce... »

Assez troublé, Balthazar obéit. Le notaire appliqua sur une feuille de papier l'empreinte ainsi obtenue, la confronta avec une empreinte dessinée sur une autre feuille de papier, et conclut nettement :

« Cette fois, la cause est entendue.

– La cause est entendue ?... C'est-à-dire ?...

– C'est-à-dire que vous êtes bien le sieur Balthazar, et que le sieur Balthazar est, en l'espèce...

– En l'espèce ?...

– Godefroi, fils du comte de Coucy-Vendôme, baron des Audraies, duc de Jaca, et grand d'Espagne... »

III

LA PRÉDICTION DE LA SOMNAMBULE

Coloquinte laissa tomber sa lourde serviette qui s'ouvrit et livra passage à une brosse de chiendent et à une timbale en aluminium. Balthazar secoua un peu la tête sous cette avalanche de titres et de noms sonores, et saisit son chapeau comme prêt à s'en coiffer : dans le désordre de ses pensées il ne retenait guère que son privilège de grand d'Espagne à demeurer couvert.

Mais le notaire La Bordette n'avait pas de temps à perdre. Si, par faiblesse humaine, il se fût dépouillé de son armature d'impassibilité, son père et son grand-père n'avaient aucune raison pour participer à l'émotion du professeur et de sa dactylographe. Il continua donc son discours :

« Attaché depuis plus d'un siècle à la famille de Coucy-Vendôme, nous fûmes mandés, il y a quelques mois, en son hôtel du faubourg Saint-Germain par le comte Théodore, dernier du nom, puisque feu Mme la comtesse ne lui a laissé que quatre filles. Le comte Théodore, atteint déjà d'une maladie qui ne pardonne pas, nous confia l'existence d'un fils qu'il avait eu, étant jeune homme, de ses relations avec la demoiselle Ernestine Henrioux. Le comte, poussé par des scrupules qui l'honorent, désirait réparer cette faute de jeunesse et transmettre, grâce à une reconnaissance en règle, son nom et une partie de sa fortune à son fils Godefroi qui vivait quelque part, il ignorait où, sous le nom de Balthazar.

« Le comte nous donna les indications nécessaires, telles que l'inscription des trois lettres M. T. P. sur la poitrine du sieur Balthazar, et l'empreinte de son pouce gauche. En outre, il nous montra, dans une armoire secrète, un portefeuille où se trouvaient seize cent mille francs en billets et titres au porteur. Il devait enfin nous fournir d'autres renseignements sur la mère de l'enfant, sur la personne à qui l'on avait confié celui-ci, et sur l'endroit où il vivait actuellement. Par malheur...

– Par malheur ?

– Le drame terrifiant que vous avez lu dans les journaux mit fin aux jours de notre client, et cela avant que nous l'eussions revu. »

Balthazar qui ne connaissait rien de ce drame terrifiant, mais qui ne voulait pas l'avouer, chuchota :

« Oui... oui... j'ai lu... je me rappelle... Le mois dernier, n'est-ce pas ?

– Mais non, monsieur, rectifia vivement maître La Bordette, cela remonte plus haut. Le 10 septembre exactement, donc il y a sept mois, le comte Théodore qui chassait dans ses terres de Seine-et-Oise fut assassiné.

– Assassiné ! répéta Balthazar.

– Oui, monsieur, et vous vous souvenez de

quelle horrible manière : la hache qui frappa la victime avec une violence inouïe lui détacha presque entièrement la tête. »

Une seconde fois la serviette de Coloquinte glissa de ses genoux. Le cou de Balthazar s'allongea au-dessus de son faux col. Il était blême.

« Je le savais... je le savais... un homme sans tête... la somnambule...

– La somnambule ?

– Oui... oui... j'ai consulté... balbutia le professeur en mots étouffés que maître La Bordette ne saisit pas... Tu te rappelles, Coloquinte... hier... ce qu'on m'a prédit ?... »

Maître La Bordette et ses deux conseillers furent d'avis qu'il fallait passer outre à cet accès de trouble bien excusable, et le discours des trois notaires s'acheva rapidement.

« Les suites de cette affaire, qui fit tant de bruit, vous les connaissez, et il serait oiseux de s'y attarder. Vous n'ignorez pas non plus qu'après des mois d'investigations, nous avons eu l'heureuse idée de recourir à l'agence X. Y. Z. Il ne nous reste donc qu'à préparer les voies et moyens qui vous permettront de porter l'affaire devant le Conseil d'Etat, de revendiquer votre droit au nom de Coucy-Vendôme, et de réclamer votre part d'héritage. »

Peut-être la figure morne du notaire esquissa-t-elle un léger sourire d'ironie ainsi qu'il est naturel quand on annonce une nouvelle désagréable :

« J'oubliais de vous dire à propos, monsieur, que notre premier soin fut de procéder à l'ouverture de l'armoire secrète. Nous avons eu alors la profonde surprise de constater qu'elle était vide. Le comte Théodore avait-il emporté avec lui le portefeuille et avait-il choisi, durant la période de chasses, quelque armoire du château ?...

– Je pourrais sans doute vous renseigner, murmura Balthazar, j'ai reçu directement une lettre qui me fournit des indications... »

Un regard suppliant de Coloquinte le réduisit au silence. A quoi bon en effet divulguer un tel secret ? D'ailleurs maître La Bordette ne s'arrêtait jamais au cours d'une période, et il continuait :

« Les recherches jusqu'ici – recherches discrètes puisque les dispositions du comte à votre égard sont provisoirement confidentielles – n'ont amené aucun résultat. Il vous sera loisible de les poursuivre publiquement et avec plus d'activité en tant que fils reconnu. Je m'occupe dès maintenant d'établir les actes que vous aurez à signer. »

L'audience prenait fin, et lorsque maître La Bordette avait dit ce qu'il considérait comme son dernier mot, il n'aurait pas accordé la grâce du plus léger délai. Approuvé par son père et son grand-père, il ouvrait la porte et congédiait l'intrus avec une vigueur qui coupait court à toute idée de retour offensif.

Balthazar n'avait guère envie d'affronter un si rude jouteur. Il sortait de l'engagement un peu fourbu et le cerveau tumultueux. Coloquinte lui offrit son bras, comme elle faisait en certaines occasions, sous prétexte de former contrepoids à sa serviette.

Ils remontèrent les rues qui conduisent à la butte Montmartre, et, au bout d'un moment, elle lui dit, non sans inquiétude, et comme un disciple qui interroge son maître :

« Ce n'est pas des aventures, toutes ces histoires, n'est-ce pas, monsieur Balthazar ?

– Comment peux-tu le demander? répliqua-t-il. Que mon père ait été la victime d'un assassinat, c'est douloureux. Est-ce anormal?

– Mais cette prédiction?... la tête?...

– Coïncidence!

– Et cette armoire vide? Cette cachette dont vous êtes averti directement?... Cette lettre qui vous donne des indications si précises sur la forêt de Marly et sur le portefeuille?... »

Balthazar déclara d'un ton péremptoire : « Toutes ces combinaisons révèlent un homme dont les idées ne sont plus très nettes. Je suppose que mon père était un amateur de ce qu'on appelle le roman policier, et qu'il aura machiné son plan selon la technique enfantine de ces romans. J'en ai lu. C'est absolument idiot...

– Alors nous n'irons pas là-bas?...

– Si, dit-il, puisque mon père, le comte de Coucy-Vendôme, l'exige. Mais quant au trésor... »

Le train les conduisit, quelques jours plus tard, à la station de Marly. La forêt était proche, légère encore des frondaisons toutes neuves qui luisaient au soleil. Des souffles tièdes couraient sur la campagne et enveloppaient Balthazar de bien-être et de joie. Il marchait allégrement, soutenu par une conscience sereine. L'expédition lui semblait inoffensive autant que celle d'un pêcheur à la ligne qui connaît un creux où foisonnent les goujons. Coloquinte se sentait si heureuse que le poids de sa serviette ne la déformait pas.

« Je ne cesserai de te le répéter, Coloquinte, la vie est composée de petits faits insignifiants. C'est comme une tapisserie, qui forme, n'est-ce pas? de grandes scènes très compliquées, et qui n'est au fond qu'un assemblage de petits bouts de laine noués au canevas le plus monotone. »

Non loin d'eux se déployait l'éventail d'un carrefour. Ils virent déboucher d'une des routes un individu coiffé d'un béret basque, et qui sauta de sa bicyclette. Il regarda autour de lui, ne les aperçut point, et se courba quelques secondes au-dessus d'une borne kilométrique. Puis il repartit et descendit de nouveau pour entrer dans une auberge située à la lisière même de la forêt.

En traversant le carrefour, ils examinèrent la borne. Une inscription à la craie, avec une flèche marquant la direction prise par l'individu, offrait ces trois lettres majuscules : « M. T. P. »

« Ah ! murmura Coloquinte... M. T. P. ! les trois lettres inscrites sur votre poitrine, monsieur Balthazar. »

Il prit un air détaché.

« Tiens, oui, en effet !... Drôle de corrélation ! »

Vraiment il n'y avait pas là de quoi s'ébahir. Un promeneur se divertit à tracer sur une borne trois lettres dont on a la poitrine tatouée... Détail insignifiant... Petit bout de laine de la tapisserie...

Et il continua d'avancer d'un pas guilleret en fauchant avec sa canne des têtes de pissenlit et de moutarde sauvage.

Ils passèrent devant l'auberge où ils revirent, par une fenêtre ouverte, l'homme assis et qui buvait une consommation.

« Peut-être, nota Coloquinte, est-ce le même motif que nous qui l'attire. Il a donné rendez-vous à un camarade, et ils vont chercher le trésor. »

Balthazar déplia le plan topographique établi par son père. En vingt minutes, ils arrivèrent au rond-point « dont un orme touffu occupe le centre ».

Selon les instructions qui accompagnaient le plan, ils marchèrent à reculons, en suivant une certaine ligne. Balthazar, les mains sur les épaules de Coloquinte, l'entraînait avec la gravité croissante d'un monsieur qui poursuit une expérience de suggestion à l'état de veille. Des racines et des souches les faisaient trébucher. Deux fois ils tombèrent. Et soudain Balthazar, qui, pour rien au monde, n'eût consenti à tourner la tête, heurta du dos le tronc d'un arbre.

« Parfait, dit-il ému. Le programme s'exécute. »

Ils pivotèrent sur eux-mêmes comme des automates et filèrent à droite. Quatre cents pas plus loin, il devait y avoir un chêne creux, protégé par une plaque de zinc sous laquelle le trésor était caché.

Ils comptèrent quatre cents pas. Il n'y avait point de chêne.

Du coup ils lâchèrent pied. Balthazar proclama qu'il n'entendait rien à toutes ces idioties de roman policier et qu'il s'en félicitait.

« Cependant... observa Coloquinte.

– Flûte! Le trésor serait à deux pas de moi, que je ne bougerais pas. »

Il se coucha sur un tapis de mousse, et il se disposait à allumer sa pipe, lorsque Coloquinte lui saisit le bras vivement. Un bruit de paroles venait du rond-point. Ils s'aplatirent sous les feuillages, et ils avisèrent deux hommes qui marchaient à reculons, les mains de l'un sur les épaules de l'autre, exactement comme ils l'avaient fait eux-mêmes. L'un d'eux était l'homme au béret basque.

Celui-là, comme Balthazar, se cogna le dos au tronc d'un arbre. Mais, contrairement à Balthazar, il vira tout de suite sur la gauche ainsi que son camarade.

Cinq minutes plus tard, on entendait le bruit

d'un marteau qui frappe une plaque de zinc.

« Il fallait tourner à gauche, dit la jeune fille. Ils vont s'emparer du portefeuille. »

Aucune puissance au monde n'eût induit Balthazar à s'y opposer. Mais les circonstances lui furent propices. Deux chevaux avançaient par une route qui traversait les bois à quelque distance. Des gendarmes apparurent. Le bruit du marteau avait cessé. Coloquinte se leva prudemment, puis appela Balthazar.

Dérangés dans leur besogne, les deux individus s'éloignaient sur la route à cent pas en avant des gendarmes.

« Dépêchons-nous, dit-elle, dans dix minutes, ils seront de retour. »

Elle courut et atteignit un chêne dont le tronc se divisait à hauteur d'homme, en trois branches maîtresses. Le creux ainsi formé était recouvert d'une plaque de zinc qui empêchait les eaux de croupir. Coloquinte se haussa comme elle put, en choisissant, d'après les empreintes des pas, le côté où les deux individus avaient travaillé. Elle trouva la brèche pratiquée dans la fermeture, y passa le bras, tâtonna et enfin saisit un objet qu'elle extirpa de la cuve.

C'était un petit portefeuille, ou plutôt une pochette de cuir, ficelée et cachetée.

« Voici », dit-elle en tendant l'objet à Balthazar.

Elle fut stupéfaite de sa pâleur. Il tremblait sur ses jambes, et elle dut le secourir pour qu'il ne s'affaissât point contre le pied de l'arbre.

« Sauvons-nous, ordonna-t-elle. Ils vont revenir. »

Elle eut la présence d'esprit d'éviter la gare voisine, et, malgré la défaillance du professeur, de diriger leur fuite jusqu'à la station de Louveciennes.

Un train sifflait. Elle fit monter Balthazar dans un compartiment vide où elle lui donna un flacon de vulnéraire tiré de la serviette. Quand il fut remis d'aplomb, il examina le portefeuille, et vit un nom sur une carte épinglée à même le cuir : « *Pour mon fils, Balthazar* », ce qui le rejeta dans une telle agitation qu'il dit à Coloquinte :

« Ouvre. »

Elle obéit, coupa les ficelles et répandit sur la banquette le contenu du portefeuille, billets de mille francs, titres, coupons détachés...

« Non, non, dit-il, ne perds pas ton temps à classer toutes ces paperasses. L'argent, je m'en moque. Ce que je voudrais c'est quelque renseignement sur mon passé... sur ma mère... une lettre... une enveloppe... »

Lui-même fouillait fiévreusement. On eût dit que toute sa vie dépendait de ce qu'il allait trouver. Et soudain, il s'écria :

« Oh ! voilà... tiens... regarde... une photographie... »

Un vieux portrait usé par le temps, mais encore distinct, représentait une femme toute jeune, de visage charmant, et qui souriait d'un air heureux. Derrière, ces mots : *Ernestine Henrioux.* Ernestine Henrioux !... le nom même que le comte de Coucy-Vendôme avait confié à maître La Bordette ! Le nom de la jeune fille qu'il avait séduite et qui était devenue mère de Balthazar ! Ainsi le comte léguait à son fils, outre une fortune, le portrait de la fiancée trahie, et lui commandait par là même de la retrouver et de l'aimer.

Il tenait entre ses mains et contemplait la pâle image. Elle lui souriait avec gentillesse. Il répondait par une grimace pleine d'affection. Coloquinte souriait aussi à cette jolie figure et ressentait toute la joie que l'on éprouve à retrouver une mère.

Elle recueillit les titres et les billets de banque, et réussit à les caser au fond de sa serviette, qui ajouta à ses autres fonctions celle de coffre-fort. Puis elle se rapprocha de Balthazar, et, tout en observant son front où la coiffe du chapeau laissait une barre de rouge, la végétation clairsemée de son crâne, les poils de sa barbe soyeuse, toutes choses qui lui semblaient si douces à considérer, elle pensait : « Quelle chance que ce ne soit pas une de ces aventures où l'on ne trouve que chagrins et déceptions ! L'émoi de M. Balthazar est si grand qu'il serait tombé malade si ce n'étaient là des faits de la vie quotidienne ! »

IV

LES ÉVÉNEMENTS REVÊTENT QUELQUEFOIS LES APPARENCES DU PLUS MAUVAIS ROMAN D'AVENTURES

A PROPREMENT dire, Balthazar ne tomba pas malade, mais il profita d'un répit dans ses occupations pour faire de la chaise longue devant son tonneau.

Il avait d'ailleurs un peu de fièvre que Coloquinte combattait avec des infusions de plantes séchées par elle. Elle lui tâtait le pouls, lui lavait le visage à l'eau tiède, lui posait sur le front des compresses auxquelles il préférait la main fraîche et apaisante de la jeune fille, et souvent le berçait de paroles chuchotées qui prouvaient à quel point elle connaissait la nature de son maître et profitait de son enseignement.

« Dans quel état vous mettent les émotions trop fortes, monsieur Balthazar! disait-elle d'une voix qui défaillait de tendresse, et en le regardant avec extase. Votre fièvre me désespère, et j'ai bien envie de pleurer. Soyez calme, je vous en supplie.

Contrôlez les élans de votre cœur. Il faut attacher le moins d'importance possible aux buts que l'on poursuit, afin que la réussite ou l'insuccès ne vous ébranlent pas trop profondément. »

Elle employait les expressions du professeur, et il semblait à Balthazar que c'était lui-même qui se donnait des conseils et dessinait les limites au-delà desquelles il n'y a qu'aventures et dangers pour les impressionnables de son espèce.

« Tu as raison », disait-il, tout en examinant avec elle le gracieux visage d'Ernestine Henrioux.

Du portefeuille et des titres, pas un mot. Ils n'y songeaient point, et n'avaient même pas la curiosité d'en établir le compte exact. Une fois remisé dans les profondeurs de la serviette, derrière les brosses et les boîtes de cirage, cela ne représentait plus pour Balthazar que la principale des conditions imposées par M. Charles Rondot. Le jour où l'on se reverrait, de quel poids pèserait un tel argument !

« Mais croyez-vous que Mlle Yolande vous rendra heureux ? disait Coloquinte en tremblant. Saura-t-elle ranger vos affaires, vous préparer votre café, et vous protéger contre un tas de petits tracas qui vous agacent et vous troublent ? Je souffrirais à en mourir si elle n'était pas digne de vous. »

Les termes dont elle usait n'allaient pas au-delà de ses sentiments profonds. Mais tout semblait naturel à Balthazar de ce que Coloquinte pouvait lui offrir. Au juste il n'y prêtait pas attention.

« Yolande est digne de moi, affirma-t-il naïvement. C'est une noble créature, comme on en voit dans les pièces de théâtre. »

Un matin, il reçut de Mlle Rondot ce message

téléphonique : « Venez sans perdre une minute. Je serai dans mon boudoir. Votre fiancée. »

Il montra le message. Coloquinte ne dit pas un mot et tira du papier de soie qui l'enveloppait la redingote de cérémonie. Le haut-de-forme fut extrait de son carton, ainsi que le gant jaune beurre.

Trois fois elle rajusta la cravate blanche de Balthazar, puis elle le contempla des pieds à la tête. Un jeune dieu de la mythologie ne lui eût pas semblé plus beau ni plus élégant de tournure. Comment Mlle Yolande ne l'eût-elle pas aimé !

Ils s'en allèrent. Au square des Batignolles, il installa Coloquinte et sa serviette sur un banc.

« Reste ici. Je suppose bien que Yolande a remporté la victoire, puisqu'elle s'intitule ma fiancée. Mais, tout de même, je ne peux pas arriver avec l'argent. Je viendrai le chercher. »

Il ne doutait pas d'ailleurs, M. Rondot s'absentant chaque matin, que l'entretien ne fût d'abord tout intime, et il dit à la domestique qui accourut à son coup de sonnette :

« Mademoiselle est dans son boudoir, n'est-ce pas ?

– Je suppose, monsieur. »

Il connaissait bien la pièce, pour y avoir donné à Yolande des leçons de philosophie quotidienne. On devait passer par la salle à manger. Il entra vivement et s'arrêta court. M. Rondot, rentré plus tôt qu'à l'ordinaire, déjeunait.

La stupeur de Charles Rondot fut telle qu'il resta la fourchette en l'air, la figure soudain violette et les lèvres agitées d'un bégaiement.

« Vous ! vous ! Je vous ai défendu... Vous n'êtes qu'un... »

Balthazar refusa de savoir ce qu'il était. Il

allongea le bras en souriant, comme s'il voulait dire :

« Attendez... Pas de gros mots..., vous regretteriez.

– Vous n'êtes qu'un... »

Le bras de Balthazar insista :

« Un peu de patience... Vous allez être satisfait... »

Mais, comprenant soudain qu'il y avait eu méprise et qu'il ne pouvait montrer la dépêche de Yolande, il s'écria tout de go :

« Mon père est retrouvé !... J'ai un nom !... de l'argent !... »

Charles Rondot avait enfin réussi à se détacher de sa chaise et avançait à petits pas élastiques, comme une bête fauve qui va s'élancer. Balthazar se hâta de dresser des obstacles.

« Beaucoup d'argent !... beaucoup... et puis un grand nom... le droit de rester couvert... »

M. Rondot atteignait enfin le but. Son poing crispé chatouillait le menton de Balthazar, et il rugit, comme s'il avait enfin trouvé l'invective qu'il cherchait :

« Vous êtes un chenapan de la plus belle eau ! »

Balthazar chancela. M. Rondot avait une manière toute spéciale de le désarçonner par des expressions inattendues.

« Que signifie, monsieur ?...

– Un chenapan de la plus belle eau, je le répète. Un individu qui traînait la savate il y a huit jours, et qui se vante d'avoir beaucoup d'argent, est un chenapan de la plus belle eau.

– Je puis vous affirmer que mon père..., commença Balthazar.

– Je me fiche de votre père.

– Le nom que je porte...

– Je me fiche de votre nom. Pour moi, vous êtes le chenapan Balthazar et, comme tel, recherché par la police... »

Le professeur sursauta :

« Hein ? Qu'osez-vous dire ?

– Recherché par la police ! vociféra Charles Rondot. Deux inspecteurs sont venus ce matin me demander des renseignements sur vous, monsieur ! et je leur ai donné votre adresse, monsieur ! Villa des Danaïdes ! On va vous cueillir comme un chenapan... »

Balthazar s'effondrait un peu plus à chaque insulte. Sous la poussée frénétique de l'ennemi, il reculait vers la porte du fond, comme s'il eût encore préféré les menottes de la police à la colère de Charles Rondot.

« Je te prie, papa, de ne pas toucher à un seul des cheveux de mon fiancé. »

La porte s'était ouverte, et Yolande apparaissait, calme et majestueuse. Balthazar, ne doutant plus que le courroux de Charles Rondot ne se précipitât tout entier sur l'intruse, éprouva un grand soulagement. Pas un seul de ses cheveux ne serait touché. Quelle sécurité ! Mais il apprit, une fois de plus, que les choses se passaient à l'envers de ses prévisions. Charles Rondot, désemparé subitement et hors de combat, baissa le nez, ainsi qu'un enfant pris en faute, et Yolande, dont l'assiduité à la Comédie-Française anoblissait encore les manières distinguées, tendit à son fiancé une main qu'il agrippa comme on s'accroche à une branche.

« Balthassar, dit-elle, avec la magnifique sonorité qu'elle donnait aux trois syllabes, Balthassar, j'ignorais que mon père fût là, et je viens d'apprendre le bruit de la discussion. Excusez-moi et ne m'en veuillez pas. Mais tenez compte, je vous en prie, de l'avertissement qu'il vous a donné. Vous êtes sous le coup d'une arrestation imminente.

– Mais c'est impossible, mademoiselle ! gémit-il éperdu.

– Balthassar, ce matin, mon père a communiqué votre adresse – et c'est ainsi que je l'ai connue – à deux inspecteurs qui l'interrogeaient sur vous. Or, des fenêtres de ma chambre, on les voit tous deux dans la rue. Ils vous ont suivi.

– Mais pourquoi ?

– J'ai cru comprendre, Balthassar, qu'il s'agissait de vos accointances avec l'assassin Gourneuve et avec la bande des Mastropieds et qu'ils ont pour mission de vous conduire à la Préfecture de police. »

Il fut abasourdi et frissonna : « Gourneuve... Les Mastropieds... la préfecture de police... Ah ! je suis perdu...

– Vous êtes sauvé ! s'écria-t-elle, du ton victorieux dont elle eût annoncé à Hernani qu'il était libre. Les magasins ont une sortie particulière sur la rue voisine. Suivez-moi, Balthassar. »

Sous les yeux de Charles Rondot, lequel n'avait pas risqué un murmure de protestation, ils s'en allèrent comme des amants de théâtre qui, enlacés et marchant au pas, s'éloignent vers la toile de fond.

Ainsi furent franchis la salle à manger, puis le vestibule, puis des couloirs éclairés au gaz où leurs ombres touchaient de la tête au plafond. Une porte de service les arrêta.

« Ton front, Balthazar. »

Balthazar ôta son chapeau. Une grêle de baisers s'abattit sur son crâne.

Ensuite, d'un geste large, Yolande tira le verrou.

« Va. »

Le mot et le mouvement qui l'accompagna étaient empreints d'une telle solennité que toutes paroles et déclarations eussent amoindri la grandeur de l'adieu.

Balthazar ne se retourna même pas. Il aspirait à pleine poitrine l'air enivrant d'une liberté qu'il avait été sur le point de perdre. La tête droite, le cou hors du faux col, il ne voyait du spectacle des rues que la bande de ciel bleu tendue au-dessus d'elles.

Il rejoignit Coloquinte au square des Batignolles. Elle était pâle, comme si sa vie eût été en jeu.

« La police me recherche, les Danaïdes doivent être cernées, dit-il, évoquant ainsi l'investissement d'une citadelle par des corps de troupes.

– Cernées !

– Oui, prenons le train.

– Mais ?...

– Mais quoi ? N'avons-nous pas tout ce qu'il faut dans ta serviette ? fit Balthazar qui avait vu tant de choses sortir de cette serviette qu'elle lui semblait inépuisable en provisions de toute espèce ! Allons, tu es prête ? »

Elle était prête à le suivre au bout du monde. Mais il ne remua pas, et elle vit son regard fixé sur un individu à forte moustache et d'aspect bourru qui s'avançait vers lui.

« Voici l'un des inspecteurs, dit-il entre ses dents. M. Rondot a trahi sa fille et les a lancés sur ma piste. »

Et sa conviction était si forte qu'il annonça :

« C'est moi que vous cherchez, n'est-ce pas,

monsieur l'inspecteur? C'est bien moi, le sieur Balthazar? Je suis à votre disposition. »

A quoi bon résister? La bataille était perdue. L'héroïsme de Yolande n'avait pu le sauver. Complice du nommé Gourneuve, affilié à la bande des Mastropieds, il sentait peser sur lui toutes les puissances du monde, et s'étonnait qu'on ne lui rivât point à la cheville le boulet des forçats.

L'inspecteur, homme taciturne, n'eut donc pas besoin de donner des explications qu'on ne lui demandait pas. Coloquinte héla une automobile où elle s'installa sur le strapontin après les avoir fait monter tous les deux.

Jamais Balthazar ne lui parut plus admirable que durant ce trajet. Maître de lui, insensible à toutes ces petites tracasseries du mauvais sort, qu'il devait ramener évidemment à leurs justes proportions d'épisodes quelconques, il s'intéressait aux spectacles de la rue et critiquait l'allure imprudente du chauffeur. Coloquinte, les yeux humides, lui embrassa les mains.

A la Préfecture, ils montèrent deux étages.

« Baissez votre chapeau, souffla Coloquinte, et relevez le col de votre vêtement.

– Pourquoi donc?

– Il y a toujours des photographes à la porte des juges.

– Et après? dit Balthazar avec défi. Ils verront comment se tient un honnête homme.

– Ah! monsieur Balthazar, dit-elle, vous êtes encore supérieur à ce que je croyais. »

Il se redressa. Il eût posé devant tous les appareils du monde. Mais il n'y avait pas de photographes. Un huissier les accueillit et les introduisit dans un somptueux cabinet de travail orné d'un bureau-ministre, au-dessus duquel se penchait une tête magnifiquement pommadée.

« Affaire Balthazar, monsieur le directeur.

– Faites asseoir, dit la tête. Mon porto est là, Joseph ?

– A côté de vous, monsieur le directeur.

– Merci. Laissez-nous. »

Il continuait à lire un dossier. Sa main ornée de bagues balançait un lorgnon d'or.

Assis l'un près de l'autre, Balthazar et Coloquinte ne bougeaient pas. Les nattes de la jeune fille pointaient hors de sa toque. Anxieusement, elle scrutait le visage de Balthazar.

Il chuchota :

« Qu'est-ce que c'est que Gourneuve ?

– Gourneuve ?

– Oui, on m'accuse d'être son complice.

– Sais pas.

– Et la bande des Mastropieds ? Tu en as entendu parler ?

– Jamais.

– Moi non plus, fit-il, et je ne comprends pas pourquoi on me jette en prison. »

Elle tira un flacon de sels de sa serviette et le lui offrit. Il refusa. Prêt à toutes les luttes, armé de pied en cap, il épiait l'attaque imminente de l'ennemi et regardait cette tête luisante de pommade. La raie, droite et régulière comme une avenue du parc, commençait à la nuque même, divisait, jusqu'au milieu du front, les plates-bandes bien nivelées de la chevelure, passait entre les sourcils touffus, et se prolongeait au milieu d'une barbe symétrique, taillée comme un double buisson.

M. le directeur releva cet ensemble harmonieux et le contempla dans deux miroirs, l'un planté devant lui comme un chevalet, l'autre accroché derrière lui, à la muraille, et qui reflétait les images absorbées par le premier.

Puis il savoura lentement deux gorgées de porto, et, sans quitter son verre, demanda :

« Vous êtes bien monsieur Balthazar ? »

Le mot monsieur emplit Balthazar et Coloquinte de contentement.

« Oui, monsieur le directeur.

– Et mademoiselle ?

– C'est ma dactylographe. On nous a menés ici ensemble, pour des raisons que j'ignore, de même que j'ignore les motifs pour lesquels on me jette en prison. »

Deux petites gorgées, et M. le directeur protesta :

« En prison ! Mais vous n'êtes pas en prison. Le fonctionnaire que je suis n'est pas un geôlier, mais un simple administrateur, en l'occurrence porte-parole de M. le préfet. »

Il était toute courtoisie et toute aménité. L'ordonnance de sa tête lui ordonnait une bienveillance continuelle. Un tel homme ne devait exprimer que des choses agréables.

Coloquinte laissa échapper un petit rire, Balthazar se détendit. Il n'était pas question de prison, ni de menottes, ni de boulet de fer à la cheville.

M. le directeur huma un peu de porto, et s'étant assuré, grâce au jeu des miroirs, que sa raie ne remuait pas, il articula posément :

« Me sera-t-il permis de vous adresser, au nom de M. le préfet, quelques questions, et voudrez-vous y répondre aussi nettement que possible ?

– Comment donc, monsieur le directeur !

– Eh bien, je vais procéder avec méthode. Vous habitez, n'est-ce pas, ainsi que le constate le rapport, au-delà des fortifications ?... la baraque des Danaïdes ?...

– Oui, monsieur le directeur, la villa des Danaïdes.

– La villa, en effet, c'est ce que je voulais dire. Et c'est dans cette villa que vous avez reçu, en octobre dernier, la visite d'un individu assez gros, très grand, qui est revenu à deux reprises ?

– A deux reprises.

– Il n'a pas dit son nom ?

– Il ne l'a pas dit.

– Quel était le but de ses visites ?

– Il cherchait l'occasion de faire du bien, et il m'a chargé de distribuer autour de moi de petits secours.

– C'est tout ?

– C'est tout.

– Vous n'avez plus entendu parler de lui ?

– Jamais, monsieur le directeur.

– Mais vous avez reconnu son portrait dans les journaux ?

– Je ne lis pas les journaux.

– Jamais ?

– Jamais...

– Le rapport donne en effet ce détail, et vous signale comme entièrement absorbé par vos travaux de professeur.

– Entièrement absorbé, déclara Balthazar d'un ton convaincu.

– Je vais donc vous renseigner. L'individu qui est venu vous voir n'était autre que Gourneuve, le chef de la bande des Mastropieds, et le sauvage assassin du comte de Coucy-Vendôme. »

Balthazar sauta sur sa chaise.

« Que dites-vous, monsieur le directeur ? l'assassin ?... cet homme ? cet individu ?... il a tué le comte ?... C'est lui... l'ignoble assassin qui a mutilé ?...

– Lui-même, affirma M. le directeur, toujours souriant. Le charitable anonyme qui vous confiait le soin de ses aumônes s'appelait Gourneuve, et, si vous ne lisez pas les journaux, vous n'êtes tout de même point sans connaître les terribles forfaits du criminel et de sa bande. L'arrestation de ces misérables constitue un des plus beaux exploits de notre police... Mais, avant de vous en dire davantage, j'oubliais deux petites formalités indispensables, et auxquelles je vous demande de vous prêter.

– Comment donc ! » répéta Balthazar qui souriait aussi, heureux de voir que la tempête s'éloignait de plus en plus.

Deux gorgées de porto, le procédé du double miroir, et M. le directeur reprit :

« Tout d'abord, une question. Vous n'avez aucun papier d'identité ?

– Si, monsieur le directeur, des papiers qui attestent que je suis bien connu sous le nom de Balthazar.

– Mais aucun qui prouve que c'est là votre nom véritable ?

– Aucun.

– En ce cas, ayez l'obligeance de vouloir bien ouvrir le col de votre chemise. »

Balthazar éprouva quelque surprise, mais, de même qu'avec le notaire, il n'opposa aucune objection. Il ôta son col. Le directeur fit le tour de son bureau. Les trois lettres apparurent.

« M. T. P., dit-il. C'est cela. La marque des Mastropieds.

– Comment ! protesta Balthazar, la marque ?...

– Des Mas Tro Pieds, M. T. P., ce sont les premières lettres de chacune des trois syllabes redoutables.

– Mais, monsieur le directeur, je vous jure que ces bandits-là me sont étrangers... que je ne fais pas partie...

– Nous n'en avons jamais douté, monsieur; les trois lettres sur votre poitrine signifient tout autre chose qu'une complicité.

– Elles signifient quoi, monsieur le directeur?

– Un fait que va nous confirmer la seconde épreuve. »

M. le directeur tira d'une petite boîte un tampon pour timbre humide et pria Balthazar d'y appuyer le pouce de la main gauche. En même temps, il choisissait, au milieu du dossier Balthazar, une feuille de papier jaunie, cassée par endroits, et où s'inscrivait le dessin d'une empreinte.

« La comparaison est aisée, dit-il au bout d'un instant. Regardez vous-même, monsieur... Vous aussi, mademoiselle... Je ne crois pas que nous puissions atteindre un degré de certitude plus irrécusable. Et comme les trois lettres M. T. P. ornent votre poitrine, et que ces deux empreintes sont identiques, nous avons le droit d'établir que vous êtes bien le fils de l'assassin Gourneuve. »

M. le directeur semblait fier de ses déductions, et, comme récompense, il acheva son porto et s'offrit d'un bout à l'autre le spectacle de sa raie. Quant à l'effet produit sur Balthazar, il ne songeait même pas à s'en occuper, toute nouvelle annoncée par lui, avec sa bonne grâce cordiale, ne pouvait susciter que des impressions de plaisir et de gratitude.

Balthazar ne broncha pas. Tout au plus une légère oscillation de son buste avait-elle permis à

Coloquinte de craindre qu'il ne s'effondrât sous le choc d'une telle révélation. Mais il tint bon. La philosophie quotidienne est une armature solide, qui ne vous laisse pas tomber parce qu'un petit souffle de rien du tout vous heurte à l'improviste. Et puis, quoi! Est-il possible que l'on soit en même temps le fils de quelqu'un et le fils d'un autre homme? Se peut-il que l'on ait à la fois comme père l'assassin et l'assassiné?

Question qui ne se posait pas. Dernier rejeton des Coucy-Vendôme, Balthazar n'avait aucune envie d'établir entre le nommé Gourneuve et lui des liens de filiation.

Il répondit donc tout simplement, par déférence pour M. le directeur :

« Ai-je le droit de demander quelques explications?

— Les explications font partie de la tâche que je suis heureux de remplir, déclara l'aimable fonctionnaire. Elles sont brèves. Voici tout d'abord une lettre de Gourneuve au préfet de police dont la conclusion est fort nette : « Vous savez maintenant, d'après les renseignements ci-dessus, « monsieur le préfet, où et comment retrouver « mon fils. Vous connaissez les moyens de l'identifier (tatouage des trois lettres et empreinte du « pouce gauche). Vous connaissez le nom sous « lequel il vit : Balthazar, et son nom réel : Gustave Gourneuve. Et vous savez enfin que c'est « en souvenir des trois lettres marquées sur sa « poitrine que j'ai choisi, pour la bande dont « j'étais chef, la désignation des Mas Tro Pieds.

« Dès que vous l'aurez retrouvé, monsieur le « préfet, dites-lui le secret de sa naissance, lequel « secret je n'ai pas osé lui dire de vive voix, et « remettez-lui cette photographie qui est celle de

« sa mère, Angélique, devenue, depuis ma rupture avec elle, l'épouse légitime de M. Fridolin, « saltimbanque et lutteur. »

Balthazar oscillait de nouveau sur sa chaise. Les précisions données par Gourneuve étaient vraiment troublantes. Néanmoins, il se débattit :

« Qui prouve que cette lettre?...

– Pourquoi Gourneuve aurait-il menti? interrompit M. le directeur. Toutes ses paroles et tous ses actes la confirment. Ainsi, nous savons, par les confidences qu'il fit à son compagnon de cellule, qu'il chercha plusieurs fois à vous adresser des communications. Il semblerait que Gourneuve avait dérobé à sa victime un paquet de titres et que son intention obstinée était de vous dire l'endroit où ces titres étaient cachés. »

Une lumière confuse envahissait le cerveau de Balthazar. Est-ce qu'il n'avait pas reçu une de ces communications? Ne devait-il pas penser que l'appel du notaire était une chose, et la missive cachetée une autre chose, et qu'il s'était trompé en attribuant à Coucy-Vendôme une lettre écrite par Gourneuve après sa condamnation et envoyée grâce à quelque stratagème?

Ses yeux croisèrent ceux de Coloquinte. La même idée frappait la jeune fille. Et tous deux se disaient en outre que les complices de la bande avaient dû surprendre une partie du secret, puisque, quelques jours auparavant, deux d'entre eux fouillaient la forêt de Marly.

Balthazar murmura :

« Une entrevue serait nécessaire entre Gourneuve et moi. »

M. le directeur ne dissimula pas sa surprise :

« Une entrevue? Mais ce n'est pas possible...

– Pour quelle raison?

– Comment ? vous ne savez donc pas...
– Quoi, monsieur le directeur ?
– Mais Gourneuve a été guillotiné la semaine dernière. »

Cette fois, Balthazar faiblit. Il avait résisté à l'argumentation du fonctionnaire. Mais cette nouvelle attaque le démolissait. Gourneuve guillotiné ! Cela ramenait soudain l'équilibre entre les deux solutions qui s'offraient à lui avec une égale chance de vérité, puisque l'un et l'autre de ses deux pères satisfaisaient à la prédiction de la somnambule : « Je vois un homme sans tête... » Gourneuve décapité... Quelle vision d'horreur et quelle effroyable coïncidence !

Il eut un étourdissement. Coloquinte se précipita et lui colla son flacon de sels sous le nez, en expliquant à M. le directeur :

« Ce n'est rien... M. Balthazar est sujet à ces petites défaillances... L'émotion... la joie d'apprendre certaines choses... Il souffrait beaucoup de ne pas connaître son nom véritable...

– Nous l'aiderons dans ses efforts, mademoiselle, s'écria le directeur avec une sympathie douloureuse... Nous lui donnerons tous les documents nécessaires pour établir son état civil... Je suis à son entière disposition. »

Si courtois qu'il fût, M. le directeur n'aimait pas qu'on le dérangeât trop longtemps. Il avait noté un certain désordre dans ses cheveux. Balthazar se relevant, il le conduisit vers la porte et remit à Coloquinte la photographie d'Angélique Fridolin, « saltimbanque et dompteuse ».

« Si son père est mort – et il est mort courageusement, vous pouvez le dire à M. Balthazar – sa mère est vivante... Et ce doit être une bonne et sensible femme, à en juger par ce portrait...

Regardez, mademoiselle... Quelle figure franche! Quelle décision dans son attitude de dompteuse! Avec quelle énergie elle menace le tigre de sa cravache! »

Les rues étincelaient au beau soleil. Le long des trottoirs, la foule circulait allégrement. Balthazar quitta le bras de sa compagne.

« Entrons chez ce pâtissier, veux-tu, Coloquinte? »

Quand on s'appuie sur un corps de doctrines logiquement agencées, que les faits quotidiens s'entrelacent autour d'une trame de philosophie pratique, et que l'on se tient en perpétuelle attention, on ne perd jamais entièrement l'aplomb nécessaire. On a beau se prendre aux embûches d'une sensibilité contenue, mais toujours frémissante, rien ne prévaut contre la méthode éprouvée d'un Balthazar.

Il avala une bonne demi-douzaine de gâteaux et repartit.

Coloquinte, avide de savoir ce qu'elle devait penser, épiait les paroles du maître.

Il les prononça d'un ton réfléchi :

« J'avoue que les événements, dit-il, revêtent quelquefois les apparences du plus mauvais roman d'aventures. Vraiment, des yeux mal habitués apercevraient, dans ce qui m'arrive, des péripéties extraordinaires, alors qu'il me suffira, je n'en doute pas, pour remettre toutes ces histoires à l'échelle de la vie, et pour te montrer une fois de plus qu'il n'y a pas d'aventures, d'un tout petit peu de discernement. »

Par malheur, le discernement comptait au nombre de ces avantages qui manquaient le plus à Balthazar. Cela lui faisait défaut comme l'esprit d'observation, comme le pouvoir de s'analyser, comme la faculté de voir clair en lui, comme le sens du réel, et comme beaucoup de qualités fort utiles. L'aveugle Balthazar n'avait guère pour se conduire d'autre guide qu'un cœur éperdu de tendresse, un cœur dont il avait, par peur d'en trop souffrir, étouffé les battements sous le poids de la philosophie quotidienne, et qui se réveillait soudain à l'appel imprévu de deux pères décapités et de deux mères inconnues...

V

LE « DÉ D'ARGENT »
ET LES « LIONS DE L'ATLAS »

D'ANCIENS fossés se creusent au bas de jardins en pente que dominent de vieilles maisons grises. Des statues, des fleurs, des rectangles de légumes, voilà ce que Balthazar et Coloquinte aperçurent du haut des promenades qui ceignent, d'un côté, la petite ville de Gournay.

« C'est ici qu'elle demeure, dit-il, ici que s'écoule, depuis un quart de siècle, sa monotone existence. »

Il relut le rapport de l'agence X. Y. Z.

« Monsieur,

« Ci-après, nous vous prions de trouver le résultat des investigations que nous avons effectuées sur votre demande, avec l'unique renseignement de la brouille qui divisa le comte Théodore et la famille de Coucy-Vendôme, à propos de la demoiselle Ernestine Henrioux. Cette demoiselle, native d'un village voisin du château, fut à la fin abandonnée par le comte Théodore, et, après un séjour à Paris, s'établit couturière en la ville de Gournay. Dix ans de labeur opiniâtre lui permirent d'acheter une petite mercerie : « Au Dé d'argent » et de se créer une clientèle de choix qui ne dédaigne pas de venir causer avec elle dans sa boutique. Mêlée à toutes les œuvres de bienfaisance, décorant elle-même l'église aux jours de cérémonie religieuse, elle est entourée de la considération unanime; jamais le moindre propos n'est venu rappeler qu'il y ait eu dans son passé l'agitation et les tristesses d'un drame passionnel.

« Pour l'autre enquête dont vous avez bien voulu nous charger, relativement à la dompteuse Angélique, directrice de la ménagerie « Les Lions de l'Atlas... »

Balthazar replia la feuille, et, comme onze heures sonnaient au clocher voisin :

« J'y vais, dit-il, avant qu'elle ne déjeune.

– Ne tardez pas, monsieur Balthazar, dit Coloquinte. Voilà bientôt deux semaines que vous attendez ce moment, et vous en êtes tout changé. »

C'est par des données sentimentales et des arguments tirés du cœur que Balthazar avait tenté de résoudre l'embarrassante situation. De qui était-il le fils ? Vers laquelle des deux mères que lui offrait le destin allait-il diriger ses pas ? Incapable de s'y reconnaître parmi des ténèbres aussi épaisses, il plaçait tout simplement en face de lui les deux photographies et semblait attendre, ou bien qu'elles consentissent à répondre à ses questions, ou bien qu'un mouvement du cœur, comme il disait, lui désignât l'image maternelle.

Mais les deux femmes se taisaient, et des mouvements de même force et de même ampleur le poussaient tour à tour vers la mère qu'il contemplait. Toutes deux lui paraissaient également charmantes et dignes de tendresse.

Par bonheur, Balthazar n'avait pas à choisir qu'entre deux mères. Deux pères aussi le sollicitaient, et comment eût-il hésité entre le comte de Coucy-Vendôme, duc de Jaca, grand d'Espagne, et l'assassin Gourneuve ? Il acceptait volontiers d'être le fils de l'une ou de l'autre des deux femmes, mais se cabrait devant tout rapport de filiation avec l'un des deux hommes, et c'est ainsi que Mlle Ernestine Henrioux avait pris le pas sur la dompteuse Angélique.

Balthazar saisit la lourde serviette de Coloquinte.

« Je lui ferai d'abord mes offres de services, dit-il. Représentant de commerce, j'apporte mes cartes d'échantillons, épingles, rubans, jarretières, etc. Mais au lieu de les montrer, je lui tends sa photographie, et elle m'ouvre ses bras. »

Coloquinte approuva. L'animation du professeur la remplissait de joie.

« Je suis bien heureuse, dit-elle, que la doctrine ne condamne pas les mouvements du cœur. »

Balthazar entra dans la ville avec la bonne tenue d'un homme qui est maître de la situation. Un dé que tenaient, comme le bec d'un héron, les pinces de grands ciseaux noirs, lui indiqua la porte d'une modeste boutique précédée de trois marches qu'il escalada d'un coup, comme s'il montait à l'assaut. Une sonnette tinta. Et, tout de suite, il se dit, en soupirant d'aise :

« Elle n'est pas là. »

L'absence de Mlle Henrioux lui donnait le temps d'essuyer la sueur de son front et de reprendre haleine. Il n'y avait dans la pièce obscure et basse qu'un vieux curé qui achetait des lacets de chaussures à une vieille dame de figure revêche. Celle-ci lorgna l'intrus qui frappa sa serviette avec l'air de dire :

« Je viens vous apporter mes cartes d'échantillons.

– Asseyez-vous », lui fut-il ordonné.

Il s'assit contre un comptoir et, courbant le dos, piqua au front dans un lot de bretelles. Ses idées tournoyaient comme des feuilles sèches. Le vieux curé et la vieille dame échangeaient des phrases dont aucune ne lui semblait compréhensible. La boutique était remplie d'humidité, de tristesse et d'une odeur intolérable de moisi à laquelle se mêlait un parfum d'oignon en train de mijoter quelque part.

« Mille fois merci, mademoiselle Henrioux, fit l'ecclésiastique en se retirant.

– Toujours à votre service, monsieur le curé », répliqua la vieille dame.

La porte se ferma.

La vieille dame revint aussitôt vers Balthazar et lui décocha : « J'ai mes fournisseurs, monsieur », du ton rébarbatif que l'on prend pour dire à une quêteuse : « J'ai mes pauvres, madame. »

Balthazar s'était levé et regardait stupidement. Il avait entendu les adieux du curé, et il demanda d'une voix sourde :

« Mademoiselle Henrioux ?... Vous êtes mademoiselle Henrioux ?

– Eh bien, quoi, évidemment. Le « Dé d'argent », c'est moi.

– C'est vous, le « Dé d'argent »? Vous êtes le « Dé d'argent »! Vous êtes Mlle Ernestine Henrioux! »

Il la contemplait de ses yeux agrandis, et, de fait, peu à peu, avec son désir immense de la reconnaître, il notait dans sa figure maussade quelque chose qui avait dû être l'expression heureuse de la photographie. Le jeune visage renaissait sous les rides précoces et sous le parchemin jaune de la peau. Les mèches droites des cheveux se roulaient en boucles frivoles. C'était bien la femme que son père avait aimée jadis et dont il avait conservé l'image ravissante.

« Ma mère... ma mère... », dit-il au fond de lui.

La voix du sang parlait. Un élan le porta vers elle. Par malchance, l'excès de l'émotion donnait à Balthazar un masque réellement féroce. Il louchait. Les dents grinçaient dans une bouche entrebâillée, aux lèvres tordues. La mâchoire tremblait. En outre, il eut le grand tort d'arracher son faux col et d'exhiber sa poitrine en bégayant :

« M. T. P... M. T. P. »

Mlle Henrioux eut peur. Elle reculait devant cette vision de folie. Balthazar avançait d'autant, la poitrine nue et le pouce de sa main bien en évidence.

« M. T. P., disait-il... l'empreinte... le tampon d'encre... »

Mlle Henrioux gémit :

« Allez-vous-en... Allez-vous-en... »

Mais rien ne pouvait le calmer. Il cherchait vainement à former des phrases. Quelques mots, tout au plus, jaillirent de cet ensemble de sons rauques et de syllabes inachevées : « Naissance... Testament... Enquête... »

Bloquée contre la porte par où se glissaient les

parfums d'oignon, mais incapable de manœuvrer la serrure, elle s'écria, désespérément :

« Qui êtes-vous ?

– Godefroi », dit-il.

Après une telle révélation, il était persuadé qu'elle allait lui ouvrir ses bras, dans une explosion de maternité soudaine.

« Godefroi..., redit-il, le petit Godefroi... »

Ils restaient plantés l'un en face de l'autre, elle effarée, cherchant à comprendre, Balthazar brûlant d'étreindre et d'embrasser celle qu'il appelait sa mère.

« Godefroi ? murmura-t-elle. Pourquoi ce nom ? »

Brusquement, comme un poing qu'on lance, il lui mit sous les yeux sa photographie de jeune femme.

« Regardez... Regardez... ordonna-t-il. Comprenez-vous ? »

Elle fut confondue.

« Ah ! est-ce possible ? Mon portrait... D'où cela vient ?... Mon portrait... »

Il répondit ardemment :

« C'est mon père qui me l'a transmis... Le comte de Coucy-Vendôme... J'ai pour mission de vous retrouver... de vous demander pardon... Le petit Godefroi... vous vous souvenez ?... Le petit qu'on vous a pris ? »

Il gardait son expression implacable et menaçante. Il avait l'air de dire : « Sois ma mère, ou je te tue. »

Aucune des deux solutions ne semblait ravir la vieille dame. Que se passait-il en elle ? Est-ce que ce nom de Godefroi, qu'elle ignorait peut-être, ne la déroutait pas ? Se croyait-elle vraiment en face de son fils ? Elle demeurait troublée et renfrognée, ce qui n'empêchait pas Balthazar de la trouver charmante, jeune, pleine de gentillesse et de séduction, et de penser au plaisir que ce serait de marcher entre elle et Coloquinte dans les rues de Montmartre.

Un bruit de roues qui bondissaient sur le pavé rompit le silence. Une voiture s'arrêta. La sonnette retentit, et une cliente à cheveux blancs, couverte de dentelles noires, entra, d'un pas qui frétillait.

« Ma petite Henrioux, je viens en courant..., quelques emplettes... mais, d'abord, des nouvelles de votre santé, ma petite Henrioux.

— Ah! madame la marquise, c'est trop de bonne grâce.

— Du tout, du tout. Et puis, nous avons à parler de la crèche, de notre tombola et de tous nos comités. »

Une cliente... une marquise... Balthazar avait livré passage à Mlle Henrioux.

« Excusez-moi, madame la marquise, dit-elle. Une seconde seulement... »

Il se sentit perdu. On allait l'expédier. L'écroulement de ses rêves lui rendit son véritable visage, et il fut si triste que la voix de Mlle Henrioux se fit moins dure : « J'ai mes fournisseurs. Alors, n'est-ce pas, vous admettrez bien... »

Oui, elle avait ses fournisseurs, ses clients, ses œuvres de bienfaisance, ses amis de l'église et du château, sa réputation, tout un passé honorable. Quelle place y avait-il pour lui au milieu de tout cela? Allait-elle renoncer à tant de petites habitudes délicieuses qui composaient sa vie présente, se rejeter dans le drame et l'incertitude, remuer les cendres, et rallumer son pauvre cœur éteint?

Il baissa la tête et rentra la photographie dans la serviette de cuir.

« Pardonnez-moi..., murmura-t-il, je n'aurais pas dû agir si brusquement... Adieu. »

Elle avait réussi à ouvrir la porte du fond. Ils se trouvaient dans un boyau de couloir qui servait de cuisine et débouchait dans une cour où pullulaient des lapins et des poules. Du bœuf à l'oignon mijotait sur un fourneau. Mlle Ernestine Henrioux saisit les mains de Balthazar et bredouilla :

« Oui..., adieu..., j'ai été trop malheureuse; je ne peux plus... je ne veux plus... Adieu... je vous écrirai... Donnez-moi votre adresse... »

Elle le poussa dans la cour. Il écrasa un lapin, glissa sur des épluchures de carottes, et regagna la rue où il arriva tout juste pour recevoir l'assistance de Coloquinte, et faire équilibre, comme elle disait à la serviette de cuir.

Le soir, aux Danaïdes, Coloquinte soignait son maître et concluait, avec un accent de sollicitude maternelle :

« Voyez-vous, monsieur Balthazar, les choses du cœur sont aussi compliquées que celles de la vie. Vous vous perdez là-dedans comme dans l'énigme des M. T. P. et dans les mystères de votre famille et de votre nom, et vous voilà de nouveau fiévreux et inquiet. »

Il demanda : « Alors, selon toi, que me faudrait-il pour être heureux et tranquille ? »

C'était une question bien ardue, et elle ne savait trop que répondre. Cependant, elle dit avec gravité :

« De l'amour, monsieur Balthazar. »

Il regarda la jeune fille, ou plutôt l'enfant qu'elle était encore pour lui, et se demanda pourquoi Coloquinte avait rougi. Mais des pensées plus importantes le sollicitaient.

Si compliqué que soit le cœur, il donne des ordres auxquels on doit se soumettre, et comment Balthazar, avec sa soif inapaisée de tendresse, n'eût-il pas subi l'attrait de cette photographie qu'il passait des heures à considérer? Quelle sympathie lui inspirait la dompteuse Angélique! Comme elle était plus aimable et plus avenante! Rien de triste en elle! Au contraire, de la bonne humeur, de la gaieté.

Il n'y résista pas, et ce serait le méconnaître que de supposer qu'il fût capable de partir en campagne, ce jour-là, avec des instincts moins impétueux que la première fois. Une aussi lourde affection, toute prête à s'épancher, bouillonnait en lui, et un même émoi l'agitait, lorsqu'il vit, à la foire du Trône, conformément aux renseignements de l'agence X. Y. Z., la bande de calicot où s'inscrivait : « Les Lions de l'Atlas, direction Angélique. »

C'était une ménagerie de piètre apparence, avec des toiles peintes où il n'y avait plus de peinture, et des véhicules branlants d'où les lions de l'Atlas eussent pu s'évader aisément, s'il leur fût resté le moindre désir d'indépendance.

La représentation de l'après-midi venait de se terminer. Coloquinte et Balthazar firent le tour des toiles et atteignirent les roulottes entre lesquelles s'accumulaient les vieilles caisses et se préparait le repas du soir. Il y en avait trois, de ces roulottes, et un tracteur automobile qui avait plutôt l'aspect d'une machine à broyer les cailloux des routes.

Une femme athlétique, vêtue d'une vieille jaquette à brandebourgs et dont les jambes puissantes faisaient éclater le coton d'un maillot gris perle et la molesquine des bottes lacées, surveillait une énorme marmite au-dessous de laquelle se consumait de la braise.

Balthazar, à qui une seule expérience n'avait point suffi pour savoir que les photographies ne sont pas sincères et qu'un jeune visage vieillit en trente années, alla droit à cette femme athlétique et lui dit :

« Madame Fridolin, s'il vous plaît ? »

Elle leva vers lui une face blanche et ronde en forme de lune, toute couverte de poudre de riz, et qui gardait les vestiges d'une beauté joviale.

« C'est moi. Qu'y a-t-il pour votre service ?

– C'est vous la dompteuse Angélique ? reprit-il, encore désappointé.

– Personnellement. »

Il n'en pouvait croire ses yeux, et, dans l'espoir d'un malentendu, il montra la jeune photographie.

« Tiens ! s'exclama la femme, mais, Dieu me pardonne, c'est ma binette de jadis. Où diable avez-vous cueilli cela ? »

Elle prit le carton et l'examina. Puis, se mettant à rire :

« Sapristi ! Mais ça date du temps de Gourneuve ! »

Balthazar murmura :

« C'est en effet dans ses papiers qu'on a trouvé cette photographie.

– On a donc su que c'était moi ?

– Oui, une lettre qu'il a écrite au préfet de police.

– Et vous venez de sa part ?

– Oui.
– Ah ! dit-elle, d'un ton placide, ce pauvre Gourneuve, il a donc pensé à moi avant de mourir ?
– Oui, fit Balthazar.
– A quel propos ?... »
Il n'entendit pas la fin de la question. Un des lions de l'Atlas, alléché sans doute par le fumet de la marmite, avait poussé un rugissement effroyable. Un de ses camarades riposta, puis un autre, et tous les lions de l'Atlas poursuivirent un concert assourdissant.
Angélique dut répéter :
« A quel propos vous a-t-il envoyé ? »
Balthazar cria de toutes ses forces :
« A propos d'un fils..., de votre fils...
– Le petit Gustave, repartit Angélique, sur le même ton strident. Pauvre gosse, il a disparu au bout de quinze mois, tout juste comme je venais de le sevrer, et deux semaines avant que Gourneuve et moi on se sépare. J'ai toujours pensé que Gourneuve l'avait enlevé par vengeance. On ne s'aimait plus, lui et moi, et il enrageait. Ainsi, le pauvre gosse ?...
– Il a vécu.
– Pas possible ! »
Balthazar rencontra les yeux de Coloquinte. Comme tout cela s'arrangeait bien ! Il aurait été ravi si ces damnés lions de l'Atlas eussent laissé à l'entretion son caractère d'intimité.
Il proféra :
« Le petit Gustave a vécu. Il est devenu grand.
– Ça, c'est tout de même drôle, hurla Angélique, en se frottant les mains. Vous êtes bien sûr ? Vous le connaissez peut-être.
– Oui, je le connais.

– Mais il ne vivait pas sous le nom de Gourneuve ? Il vivait sous un autre nom, sans doute ?
– Oui.
– Lequel ?
– Balthazar. »
Elle l'observa avec attention. Elle pressentait la vérité.
« Et vous, votre nom ? demanda-t-elle.
– Balthazar. »
Elle s'écria, en tapant à pleines mains sur son maillot gris perle :
« Ah ! ça, c'est encore plus drôle ! Alors, le petit Gustave... ce serait ?... »
Il ne répondit pas. Il souriait avec une grimace anxieuse. Angélique l'attira énergiquement dans ses bras.
« Ça, c'est drôle..., ça, c'est drôle... Alors le petit Gustave ?... »
Les lions de l'Atlas s'exaspéraient. Balthazar enfonçait le nez dans les bonnes joues farineuses d'Angélique, et il pensait que la rencontre d'une mère et d'un fils peut avoir lieu en toute simplicité et sans les péripéties emphatiques des mélodrames.
« Ce que c'est drôle ! ce que c'est rigolo ! vociférait la dompteuse. Et puis, ce que Fridolin va être content. Et la marmaille, donc ! Car tu en as une tapée de frères et de sœurs, Gustave ! »
Elle fit un cornet de ses deux mains placées autour de sa bouche, et appela : « Fridolin ! Fridolin ! »
Les portes des trois roulottes et celle de la machine à broyer les cailloux s'ouvrirent, et une nuée de garçons et de filles s'abattit. Le dernier, Fridolin parut.
C'était un colosse, de taille moyenne et de mus-

culature formidable. Durant les entractes, l'Homme-canon, selon la désignation du programme, effectuait « l'arraché » de la barre et jonglait avec des poids. Il ressemblait à sa femme, mais en rouge. Un pardessus moutarde recouvrait son maillot rose.

Quatre filles et cinq garçons l'entouraient, de six à vingt-cinq ans, tous employés à la ménagerie.

« C'est Gustave! cria la dompteuse. Tu te rappelles, Fridolin? le petit Gustave dont je t'ai parlé? Le fils à Gourneuve?... C'est-il drôle? »

L'Homme-canon était un taciturne, mais un sensible, en perpétuel attendrissement. Ses yeux, bordés de rouge, se mouillaient à la moindre occasion. Il écrasa la main de Balthazar entre les siennes et lui dit avec des larmes :

« A la vie, à la mort... »

Balthazar se sentit de la famille. Il présenta Coloquinte : « Ma secrétaire-dactylographe. »

Le titre fit impression. Angélique, à son tour, présenta les neuf frères et sœurs : « Louise, la caissière; Alfred, le joueur de tambour; Raoul et Auguste, les hommes de peine, etc. »

On se mit à table, ce qui consistait à s'asseoir sur les caisses éparpillées et à dévorer les morceaux de viande et les légumes puisés par Angélique dans la marmite, et offerts au bout d'une fourchette. Le repas fut cordial. Les lions de l'Atlas avaient renoncé à rugir. Balthazar, interrogé sur son genre d'existence, se rengorgea comme professeur; Angélique parla de son premier mari, bonnement, en épouse indulgente :

« Un brave homme, fainéant, bricoleur, astucieux, mais, au fond, un brave homme...

– Un brave homme, répéta Fridolin, les larmes aux yeux.

– Evidemment, il a mal tourné, dit-elle. On ne tue pas son prochain. Mais, tout de même, ce Coucy-Vendôme, croyez-vous que c'était la crème des hommes, lui ? Les journaux ont raconté... »

Balthazar défendit la victime en termes qui prouvaient que, s'il avait adopté Angélique comme mère, il préférait s'en tenir au comte de Coucy-Vendôme comme père.

Au dessert (chacun sa pomme), on déboucha du cidre mousseux. Balthazar annonça qu'il était fiancé, ce qui attendrit la dompteuse et fit pleurer l'Homme-canon. On trinqua en l'honneur de la magnifique Yolande.

« Assez rigolé, s'écria Angélique. C'est l'heure du travail. Gustave, tu connais le chemin. Ici jusqu'à la fin du mois. Après, nous jouons à la barrière du Trône, et puis à Grenelle. Viens nous voir, hein ? et souvent. Et n'oublie pas qu'un fils de plus, Fridolin et moi, ça ne nous effraie pas. »

Balthazar repiqua du nez dans les joues blanches de sa mère. Il embrassa ses neuf frères et sœurs. Mais l'adieu de Fridolin fut si chaleureux qu'Angélique ne voulut pas séparer brusquement le beau-père et le beau-fils. Elle accorda la permission de minuit à son mari. On se passerait de l'Homme-canon.

Il enfila son pardessus moutarde au-dessous duquel on voyait son maillot rose, et il suivit Balthazar qui, justement, ce soir-là, avait séance de dégustation à Montmartre, où se trouvait déjà M. Vaillant du Four.

Vers dix heures du soir, les trois hommes, quelque peu « éméchés », sortirent du cabaret, bras dessus bras dessous. Près des fortifications, M. Vaillant du Four lâchant pied, Fridolin le jeta sur son épaule gauche, comme un manteau plié.

Suspendu au bras droit de l'Homme-canon, Balthazar lui exposa les principes de la philosophie quotidienne.

« Comprends-moi, Fridolin. La plupart des gens voient la vie avec des lunettes. Ce sont des fous. Il faut regarder les choses telles qu'elles sont, et les remettre au point, si elles sont déformées. Or, les choses sont toujours simples, naturelles... »

M. Vaillant du Four, la tête en bas, gémissait :

« Une vieille fripouille... On devrait me ficher en prison... Une fripouille, que je vous dis... »

Balthazar continua de développer sa doctrine, jusqu'à l'octroi des Ternes. Là, son beau-père, enthousiasmé, lui fit craquer de nouveau la main en sanglotant :

« A la vie, à la mort. »

Et Fridolin redescendit vers Paris, oubliant qu'il emportait sur son dos M. Vaillant du Four.

Balthazar rentra seul. Les becs de gaz et les étoiles dansaient bien un peu devant ses yeux. Cependant il gagna la villa des Danaïdes et, comme il approchait, sa surprise fut grande de voir que la fenêtre de son logis était éclairée et qu'une silhouette féminine se tenait devant la porte ouverte. Etait-ce Coloquinte qui l'attendait ?

Il monta les marches. Des bras se tendirent, et une voix gémissante l'accueillit :

« Godefroi... mon petit Godefroi, c'est moi Ernestine Henrioux... Je n'ai pas pu résister... J'ai tout abandonné pour venir auprès de vous, le « Dé d'argent », mes clientes, M. le curé, la tombola... Ah ! mon petit Godefroi !... »

La vieille dame de Gournay le serrait contre elle avec véhémence, comme si elle voulait rattraper en démonstrations maternelles plus d'un quart de siècle perdu dans la solitude et la sécheresse. Comment Balthazar n'eût-il pas accepté cette bonne aubaine de tendresse ? Le cerveau troublé par le vin de Suresnes, il répondit par des manifestations filiales qui ne le cédaient pas en sincérité.

La mère et le fils ne s'endormirent qu'à l'aurore et Coloquinte les retrouva, mains unies, têtes jointes, et balançant leurs bustes sur deux chaises jumelles.

VI

FRIDOLIN VAUT UN RÉGIMENT

AVEC le café du professeur, Coloquinte apportait deux lettres et un télégramme. Balthazar offrit le café à Mlle Ernestine, présenta la dactylographe et, emmenant Coloquinte dans la cour, commença ses ablutions.

« Lis », dit-il.

Par la première missive, maître La Bordette, le notaire, convoquait son client, et lui demandait quelques signatures, le dossier Coucy-Vendôme étant prêt.

« Continue. »

Coloquinte décacheta la seconde enveloppe et devint blême :

« C'est de Mlle Yolande.

— J'écoute », dit-il.

Elle lut :

« Mon Balthazar,

« Je suis attentivement dans les journaux la rubrique des crimes, vols, escroqueries, arrestations. Rien jusqu'ici ne vous concerne, et rien, par conséquent, ne vous empêche d'aller à la conquête d'un nom, d'une fortune, et de

« votre orgueilleuse fiancée. »

Coloquinte attendit l'effet de cette lettre d'amour. Balthazar se lavait la tête. Il ordonna :
« Frictionne-moi vigoureusement. »
Elle le frictionna vigoureusement, puis ouvrit le télégramme. Il venait de Norvège et disait :

« Prière de me recevoir chez vous le dimanche vingt-cinq courant. Ai à vous faire des révélations d'une importance capitale.

« *Signé :* BEAUMESNIL, *poète.* »

La voix de Coloquinte s'était assombrie. Encore des complications et des ennuis pour son maître ! Que voulaient donc tous ces gens, cette orgueilleuse fiancée, ce poète inconnu ?
« Passe-moi mes bretelles », enjoignit Balthazar, avec autant d'indifférence que si rien de tout cela ne l'eût concerné.
A ce moment, Mlle Ernestine sortait des Danaïdes. Il lui prit le bras et l'emmena, en disant à Coloquinte :
« Rejoins-nous aux Lions de l'Atlas. »
Balthazar était un garçon loyal qui ne voulait pas capter l'affection de Mlle Ernestine ou de la dompteuse Angélique sans leur avoir donné d'autres explications. Il n'hésitait pas, pour sa part, à les chérir toutes deux aussi profondément que si chacune d'elles eût été sa mère, mais elles devaient savoir l'une et l'autre qu'il y avait tout

au moins doute sur la maternité de l'une des deux. C'est pourquoi il désirait une entrevue immédiate.

Elle fut cordiale. Les natures, que certaines affinités secrètes prédisposent à la sympathie, s'entendent du premier coup. Tandis que les lions de l'Atlas rugissaient furieux, Balthazar hurla son histoire, et, après qu'elles eurent écouté, les deux femmes avouèrent, à plein gosier, que nulle preuve ne les favorisait l'une plus que l'autre, ce dont elles ne tiraient d'ailleurs pas motif pour s'attacher moins à lui.

« Sois sûr, lui dit Angélique, que je t'aime comme un fils. Quoi qu'il arrive, je ne changerai point. »

Mlle Ernestine, qui ne le tutoyait pas, fut aussi catégorique :

« Rien ne modifiera mes sentiments de mère. »

Il réunit leurs mains dans les siennes. Fridolin pleura.

Ils goûtèrent durant quinze jours une félicité sans mélange. Les gens simples ne voient pas ce qu'il peut y avoir d'anormal ou de compliqué dans une situation à laquelle leur sens naturel du bonheur les a du premier coup adaptés. Aux Lions de l'Atlas, on causait de tout cela sans gêne, sans étonnement, et sans éprouver non plus l'âpre désir de connaître la vérité. Mlle Ernestine, qui avait perdu son air maussade, s'intéressait à la ménagerie, soignait et instruisait les neuf enfants d'Angélique, et n'était point pressée de regagner son petit magasin de Gournay.

De Gourneuve, entre eux, jamais un mot. Gourneuve était guillotiné, supprimé, enseveli... n'en parlons plus. Mais Mlle Ernestine évoquait à voix lente la noble image du comte de Coucy-Vendôme, grand d'Espagne, auquel décidément Balthazar s'attachait de plus en plus et que, tous, ils associaient, avec un sage dédain de toute logique, à leur heureuse intimité.

Seule Coloquinte se tourmentait. Elle s'était renseignée sur Beaumesnil, poète illustre, plus célèbre par ses débordements, et redoutait pour son maître les révélations annoncées. En outre, un jour, elle aperçut, qui rôdaient autour des Danaïdes, les deux hommes de la forêt de Marly.

Effrayée, elle avertit Balthazar.

« Et après ? dit-il.

– Après ? Mais ce sont d'anciens complices de Gourneuve. Ils faisaient partie de la bande des M. T. P. »

Le professeur s'irrita.

« Ecoute, ma petite Coloquinte, si tu veux que nous nous entendions, fiche-moi la paix avec les M. T. P. et avec toutes ces idioties.

– Cependant, insista Coloquinte, leur présence prouve qu'ils recherchent le trésor et que leurs investigations les ont conduits jusqu'à nous. »

Il haussa les épaules.

« Le trésor est au fond de ta serviette. Je n'en ai parlé ni à Mlle Ernestine ni aux Fridolin, estimant qu'il fallait garder le silence jusqu'à ce qu'on ait des certitudes là-dessus. Tout au plus ai-je prélevé un billet de cinq cents francs, puisque j'ai renoncé provisoirement à mes occupations. Par conséquent, nul ne peut soupçonner... »

Et, comme Balthazar tenait à savourer tranquillement son bonheur, il tourna le dos à Coloquinte.

Mais, deux jours plus tard, elle surprit le manège équivoque de trois individus vêtus de complets à carreaux et coiffés de casquettes. Et le lendemain, elle l'attira vers la fenêtre, et lui montra quatre personnages qui filaient le long de la palissade de M. Vaillant du Four. Habillés de défroques, ils avaient des types de Levantins misérables, déguisés pour un mauvais coup. Bien qu'affectant de ne point se connaître, ils échangeaient des signes maladroits.

« Et puis, tenez, tenez, dit-elle, voilà l'inspecteur qui vous a mené l'autre jour à la Préfecture de police, il les rejoint. Ils se concertent tous les cinq ! Mon Dieu, qu'est-ce que ça signifie ? »

Balthazar alluma sa pipe et s'en alla.

Rien ne pouvait le mettre en alarme. Que lui importaient les pressentiments puérils de Coloquinte ?

Elle ne lâcha pas prise. Elle ne voyait qu'intrigues et conspirations ténébreuses. De toutes parts des personnages louches envahissaient la cité des Baraques.

Un soir, elle entra suffoquée :

« Il faut fuir... il le faut... Quelqu'un a parlé... un Anglais en chapeau de paille... il m'a dit que vous étiez menacé... des ennemis féroces.. Il vous offre vingt mille francs si vous voulez fuir... trente mille, même qu'il a dit, trente mille de la part de l'Angleterre... Il attend la réponse, au bout du sentier... »

Balthazar, furieux, serra les poings, et il lançait des regards si courroucés qu'elle n'osa poursuivre.

Ils se virent moins. Il évitait celle qui troublait sa quiétude avec ses yeux chargés d'angoisse. A la fin, il se réfugia aux Lions-de-l'Atlas où il demeura trois jours entre Angélique et Mlle Ernestine.

Mais, le dimanche suivant, qui était le dimanche fixé par le poète Beaumesnil, Coloquinte vint supplier Balthazar de ne pas retourner aux Danaïdes.

« N'y allez pas, monsieur Balthazar, les dangers sont immenses. Vous avez des ennemis féroces. Il y a contre vous un complot, ou plutôt toute une série de complots qui se relient les uns les autres et dont vous serez victime.

– Tu divagues ! » protesta Balthazar, quelque peu troublé.

Elle exposa son argument suprême : « Oubliez-vous, monsieur Balthazar, qu'aujourd'hui, c'est la fête des Baraques, et que tout le monde est parti déjeuner sur l'herbe, parents et enfants. La cité sera vide. Or, c'est précisément aujourd'hui que l'on essaie de vous retenir aux Danaïdes ! Le piège n'est-il pas certain ? »

Elle parlait avec une éloquence désespérée et en joignant des mains qui tremblaient.

« Je vous en prie, monsieur Balthazar, croyez-moi... je ne me trompe pas... Quand il s'agit de vous, il y a quelque chose en moi, qui devine, qui pressent... Des pieds à la tête, c'est un frisson qui me secoue... »

Mlle Ernestine fléchit la première. Angélique, femme de tête et bonne conseillère, opina également pour la prudence. A son avis, Balthazar ne pouvait refuser l'entrevue, mais il lui fallait s'entourer de toutes les précautions nécessaires.

« Comment ? dit-il, ébranlé.

– Eh ! mon Dieu, que Fridolin t'accompagne ! Avec Fridolin, tu peux être tranquille. Pas d'agression possible ! Pas d'embûches ! Fridolin vaut un régiment. »

La proposition ravit tout le monde. Balthazar s'y rallia ainsi que Coloquinte, qui s'était mise à rire, dans une détente soudaine de ses nerfs.

« Oui... c'est cela... Mme Angélique a raison... Plus rien à craindre... M. Fridolin vaut un régiment. »

L'Homme-canon ne put retenir ses larmes. Des sanglots le suffoquaient.

« A la vie, à la mort, mon vieux Balthazar, et tout de suite à la besogne, hein ? On va leur z'y dire deux mots, à tous ces bougres-là. Y en a combien ? Douze ? Treize ? »

Il épingla sur son maillot rose toute une brochette de médailles réservée aux occasions solennelles et enfila son pardessus moutarde. Angélique munit Balthazar d'un couteau à ressort. Coloquinte s'inclina, et furtivement, lui embrassa la main.

Les deux hommes se mirent en expédition sans délai, et, tout de suite, ils prirent une allure d'Indiens sur la piste de guerre. Fridolin, qui portait des espadrilles à semelles de corde, balançait son torse et marchait avec la souplesse d'un grand fauve. Balthazar se réjouissait d'avoir du caoutchouc à ses talons et de ne faire aucun bruit qui pût attirer l'attention. Dans sa poche, il caressait le manche du couteau à ressort.

Ils gagnèrent ainsi, sans alerte, la cité des Baraques.

« Tu vois, Fridolin, souffla Balthazar, tout le monde est en promenade... un vrai désert...

– Tant mieux. S'il y a du grabuge, pas de spectateurs. »

Ils redoublèrent de précautions, n'avançant qu'après avoir fouillé du regard les coins propices à une embuscade. Mais, aussitôt en vue des Danaïdes, Balthazar défaillit.

« On est entré, dit-il.

– Qu'est-ce que tu en sais ?

– Des traces de pas...
– Bêtises ! affirma Fridolin. Ouvre la porte.
– Oui... oui... On va se barricader.
– J'connais qu'une barricade, celle-là », déclara l'Homme-canon en se frappant la poitrine.
Il enleva son pardessus moutarde et se planta sur le seuil, face à l'ennemi. Ses muscles bombaient sous le maillot de coton rose.
« A quelle heure qu'il vient, ton poète ?
– Quatre heures.
– Encore vingt-cinq minutes. »
Le professeur s'inquiéta.
« Mais tu ne vas pas le frapper, lui ?
– Bien sûr que non. Il s'agit des autres... des douze malandrins qui te guettent. »
Balthazar se rassurait. Décidément, l'Homme-canon valait un régiment. Quelle puissance ! Quelle sérénité !
Dix minutes s'écoulèrent. Aucun bruit. Aucune silhouette.
« Faudrait pourtant pas qu'ils nous faussent compagnie, marmonna Fridolin. C'est pas une blague à faire. Je suis venu pour cogner.
– Les voilà, gémit Balthazar, en s'asseyant.
– Où ? J'vois rien.
– A gauche, au détour.
– T'as raison. Ils s'amènent. Ah ! zut alors, c'est pas rigolo.
– Quoi ?
– Ils sont qu'deux ?
– Oui, les deux M. T. P. Ils viennent... ils viennent... J'appelle au secours, hein ? »
Fridolin tourna la tête une seconde et le foudroya du regard.
« Pas un cri ! Sinon...

– Mon couteau, alors ? Je prends mon couteau...

– C'est ça. Cure-toi les ongles. »

Les M. T. P. approchaient. En même temps les biceps de l'homme-canon grouillaient sous le coton rose comme un nid de serpents.

Le plus malingre des deux bandits (Balthazar reconnut celui de l'auberge), un gringalet, traversa le clos, et demanda, une cigarette entre les doigts, la mine insolente :

« T'as des allumettes, camarade ?

– J'vas t'en passer une, d'allumette... glousa Fridolin d'un petit ton jovial... Accours, mon vieux. »

Le bandit monta les trois marches. Fridolin ouvrit les bras pour l'enserrer et l'aplatir contre lui. Mais il reçut au menton, de bas en haut, un coup de poing qui le fit chanceler. Il n'y eut aucune lutte. Sans un mot, l'Homme-canon s'écroula sur le sol, comme un bœuf qui plie les genoux.

Deux silhouettes franchirent son corps, et deux revolvers furent braqués sur Balthazar, derrière lesquels se convulsaient deux figures implacables :

« Le portefeuille ! exigea le gringalet... Aboule... Presto. Hein ?... Quoi ?... tu refuses de parler ? Comme si Gourneuve t'avait pas indiqué la cachette ! Allons, avoue, c'est toi qui l'as ramassé au creux de l'arbre... Raconte... sans quoi... »

Une main saisit Balthazar à la gorge et serra si fort qu'il lui eût été impossible de répondre. Mais aussitôt l'étreinte se relâcha. L'autre bandit qui veillait près de la fenêtre avait sifflé légèrement.

« Quoi ? Qu'y a-t-il ? grogna le gringalet.
– Des gens qui viennent.
– Des gens ?
– Oui, l'Anglais et ses copains.
– Crebleu, il faut filer. Quelle guigne ! Toi, on te retrouvera, le Balthazar. »

Il s'enfuit ainsi que son compagnon. Balthazar, tout chancelant, voulut fermer la porte avant l'arrivée des autres agresseurs. Mais quelqu'un se glissa par l'entrebâillement. C'était Coloquinte, qui se jeta sur lui.

« Vous n'êtes pas blessé, monsieur Balthazar ? Ils ne vous ont pas fait mal ? Ah ! je savais bien qu'on vous attaquerait. Vite, vite, sauvez-vous... voilà l'Anglais au chapeau de paille... »

Elle cherchait à l'entraîner. Trop tard. L'Anglais se présentait, accompagné des trois individus habillés de complets à carreaux et coiffés de casquettes, qui, tous trois, brandissaient des casse-tête.

A ce moment, l'Homme-canon, réveillé de sa torpeur, se dressa, l'air indomptable et sûr de lui, comme s'il amenait un régiment à la rescousse. Il se carra, bien d'aplomb, en travers du passage. Un second coup de poing au menton le « descendit ». Coloquinte, dernier rempart, protégeait son maître de ses deux mains étendues et menaçait les assaillants.

« Vous n'y toucherez pas !... je vous défends d'avancer !... »

L'Anglais lui colla la main sur la bouche et la renversa, tandis que les trois individus s'occupaient de Balthazar. Mais Coloquinte, terrassée et vaincue, criait encore :

« Je vous défends de lui faire du mal... je vous dénoncerai...

– Ah ! la gueuse, elle m'a mordu ! » s'exclama l'Anglais.

Il la frappa avec une violence furieuse, tout en continuant à donner des ordres. On fourra Balthazar dans le pardessus moutarde, on le porta et on le plia brutalement au fond d'une vieille caisse qui fut cordée et traînée en dehors des Danaïdes. De loin, il entendait la voix éperdue et douloureuse de Coloquinte. Elle proférait :

« Ne craignez rien, monsieur Balthazar... Je vous retrouverai... Je remuerai le monde... »

Il sentit qu'on le hissait sur le toit d'une automobile, et l'Anglais commanda à l'homme qui conduisait :

« Route de Dieppe. »

La voiture bondit sur des chemins défoncés, avec des cahots qui faisaient basculer la caisse. Le captif respirait à peine et ne pouvait bouger. Sa tête était engagée sous un de ses bras. A deux reprises, il s'évanouit. Dans l'intervalle, il pensait à Coloquinte. Les cris de la jeune fille résonnaient au fond de lui. Jamais, Balthazar n'avait vu l'image d'un tel désespoir.

Il luttait contre un troisième évanouissement, lorsque la voiture s'arrêta net et que jaillirent d'autres clameurs. Il y eut même une détonation. Que se passait-il ? On se battait et on s'injuriait à l'entour. Etait-ce les deux bandits qui revenaient à la charge, ou bien une contre-attaque exécutée par une nouvelle troupe d'agresseurs ?

Après une minute de silence, il sentit qu'on descendait la caisse. Il en fut extrait. Devant lui, ce n'était plus l'Anglais au chapeau de paille, mais l'inspecteur de police qui l'avait conduit à la Préfecture, et qui lui dit poliment :

« Ne craignez rien. Asseyez-vous dans l'auto. Je vous suivrai dans la mienne. »

On se trouvait en plein bois. L'Anglais et ses complices se sauvaient à travers les taillis. L'inspecteur, qui était escorté des quatre Levantins sordidement vêtus que Balthazar avait aperçus près des Danaïdes, quelques jours auparavant, les fit monter à l'intérieur ou sur le siège, et l'on partit.

Durant deux nuits et un jour, les autos roulèrent sans incident. Les compagnons de Balthazar ne soufflaient pas mot et somnolaient. Peut-être aurait-il pu s'évader; il n'y songeait même pas.

On atteignit le port de Marseille. L'inspecteur fit ses adieux à Balthazar, qui fut conduit, ainsi que les quatre Levantins, à bord d'un torpilleur français. On leva l'ancre aussitôt.

Avec des façons très courtoises, un officier de marine mena le captif dans une pièce confortable et lui demanda s'il n'avait besoin de rien.

« De quelques explications... formula Balthazar.

— Tout ce que je puis vous dire, monsieur, c'est que je dois vous remettre aux partisans de Revad pacha.

— Revad pacha ?

— Oui, vous n'ignorez pas que le petit groupe de tribus qui obéit à Revad pacha est soutenu par la France, tandis que l'Angleterre protège naturellement l'autre groupe, commandé par la Catarina, l'ancienne femme et l'ennemie mortelle de Revad pacha. Or, Revad pacha vous a réclamé.

– Et c'est pourquoi, dit Balthazar, un agent anglais, après avoir voulu m'acheter, a procédé à mon enlèvement, et c'est pourquoi la police française m'a repris à lui.

– Justement.

– Mais que me veut ce Revad pacha ? Du bien ou du mal ?

– Du bien, à en juger par les instructions que j'ai reçues. Lisez : « *Le sieur MusTaPha* (c'est votre véritable nom, paraît-il) *sera traité de la façon la plus déférente...* »

Balthazar tressauta. Ce nom de Mustapha était inscrit avec les trois majuscules fatidiques... M. T. P. ! L'obsédante formule le poursuivrait donc toute sa vie !

Le lendemain, il aperçut par le hublot le cône du Vésuve. Il était alors très calme, tout à fait maître de lui, et il débita les réflexions judicieuses qu'il eût communiquées à Coloquinte si la jeune fille avait été près de lui :

« Ne crois pas, Coloquinte, que je sois le moins du monde affecté dans mes opinions. La vie me semble toujours simple, et composée de petits frais auxquels notre imagination donne une importance qui varie selon notre équilibre nerveux. Je ne nie d'ailleurs pas que ces faits ne soient assez troublants pour un esprit superficiel. J'ai l'impression de vivre la parodie d'un roman d'aventures, que le romancier s'amuse à pousser à l'excès tout en s'efforçant de rester dans le réel. Le réel, Coloquinte, c'est moi, c'est ma doctrine, c'est ma raison, c'est mon souci de tout ramener à la juste proportion. Il arrivera donc un moment où le romancier devra abattre son jeu, et tu verras alors, Coloquinte, que cela n'est qu'un bluff, et que tous ces événements ne sont que les remous insignifiants d'une vie quotidienne bien réglée et logiquement ordonnée. »

Au crépuscule, des souvenirs de chromos lui permirent de reconnaître les côtes de Sicile et de Calabre.

Puis on piqua droit à travers l'Adriatique.

Dès l'aube, le torpilleur stoppa.

Balthazar et ses quatre compagnons furent installés dans le canot à moteur qui, trente minutes après, accostait une grande barque chargée d'hommes à figure basanée, armés jusqu'aux dents, et dont les petites jupes blanches toutes plissées laissaient voir les jambes nues. Le professeur estima que ce devait être des Grecs, des Epirotes ou des Albanais, partisans en tout cas du pacha qui le réclamait.

On l'agrippa vivement, avec des protestations de respect et des gestes qui l'écartelèrent. La barque mit une heure à gagner une côte abrupte où, devant une chaîne de montagnes grises, des villages à remparts crénelés se tenaient en équilibre à la pointe de rochers en pain de sucre.

Trois ou quatre cents figures basanées, et autant de jupes plissées, grouillaient au bord d'une crique toute bleue dans son décor de granit.

Balthazar fut happé et porté en triomphe par des gens qui répandaient une odeur intolérable. Ils escaladèrent les parois d'une terrasse bordée d'aloès et de cactus, ornée de dalles roses, et où d'autres jupes s'agitaient, celles-ci d'étoffe plus riche.

Au milieu, un homme très grand secouait vers le ciel des bras d'épouvantail. Il était maigre, sec, et sa figure osseuse semblait peinte au jus de tabac.

Il rugit des ordres avec une autorité de chef.

On lui obéit.

Malgré la résistance furieuse qu'il opposa, Balthazar dut subir les deux épreuves solennelles. Son col fut arraché et son doigt plongé dans un liquide noir et gluant. Après quoi, une exclamation formidable roula sur les rochers et sur la mer.

« Mustapha ! Mustapha ! »

Le chef, qui devait être Revad pacha, secoua de nouveau des bras frénétiques que prolongeaient maintenant deux énormes sabres recourbés. Puis il se précipita sur Balthazar, lui entoura le cou de ses deux bras et de ses deux sabres, et proféra avec une joie délirante :

« Monn'fils ! Monn'fils ! »

VII

IL Y A TOUJOURS DE LA PLACE DANS UN TENDRE CŒUR

La première sensation de Balthazar fut douloureuse, car il subissait l'attaque d'un menton mal rasé, qui se hérissait de poils rares et durs comme des piquants de feuilles de cactus. Mais l'exaltation paternelle du personnage le touchait. De quelle ardeur et de quelle fougue passionnée vibrait ce père inconnu !

Il jucha « sonn'fils » sur un banc de pierre, sauta près de lui, et projeta un torrent d'éloquence gutturale qui faisait trembler le cœur de Balthazar comme le son d'une trompette. Tour à tour, en une langue qui semblait composée de coups de cymbales et de battements de tambour, il invoquait le Ciel, apostrophait l'Adriatique, et prenait à témoins les pics environnants.

Balthazar était l'objet constamment désigné de cette ardente allocution. Il le frappait au front au criant :

« Professour ! Professour ! »

Mais un autre nom revenait souvent, que le pacha prononçait avec un accent de haine féroce et qui faisait courir dans la foule des frémissements de colère.

« Catarina ! la Catarina ! »

A la suite d'une charge à fond contre cette Catarina, l'exaltation atteignit son paroxysme. Revad pacha saisit deux revolvers et tira du haut de ses bras tendus. De la montagne répondirent des salves de mousqueterie. L'heure de l'action sonnait. Les guerriers en jupes plissées s'agitèrent.

Alors, tourné vers le Professeur, Revad pacha lui mit sous les yeux une photographie de femme, très belle, au type d'Orientale, et, la voix rageuse :

« Ta mère, Mustapha... *Catarina-la-bougresse...* »

Sans aucun doute, c'était l'adversaire qu'il s'agissait de combattre, et Balthazar apportait comme atout, dans la partie, son titre de prince héritier et son prestige de Professour.

La photographie de Catarina rejoignit au fond de sa poche celles d'Ernestine Henrioux et d'Angélique Fridolin. Cette filiation ne le gênait guère. Il avait été entraîné par un tel courant de péripéties, et transplanté avec tant de brusquerie, qu'il se trouvait en quelque sorte, et pour un temps plus ou moins long, dépouillé de ses anciens sentiments, et prêt à subir du premier coup la force irrésistible de circonstances nouvelles. Il répondit avec véhémence aux étreintes d'un père qui lui semblait de grande allure et il ne sentait plus le piquant de poils de cactus. Plein d'une ardeur de néophyte, il avala toute une écuelle d'aliments bouillis que le pacha lui offrit et qui étaient proprement exécrables.

Des chevaux cependant furent amenés, de petites bêtes anguleuses dont la queue balayait la poussière du sol.

Le pardessus moutarde, très ample, échancré en arrière d'un coup de poignard, serré par une ceinture de cartouches à laquelle pendait un sabre aussi long que la queue du cheval, joua le rôle de manteau de campagne. Un fez découpé orna le chapeau haut de forme d'une large bande rouge. Une panoplie de pistolets et de yatagans fut accrochée un peu partout. Vraiment le prince héritier prenait un air martial.

Le prince héritier constata, non sans surprise, que l'art de l'équitation n'avait aucun secret pour lui, et que son cheval, au bruit des pétards et des fusillades, ne bronchait pas plus qu'un âne rompu de fatigue. A la sortie du camp, le sentier s'accrochait au flanc des montagnes. Un à un, fantassins et cavaliers suivirent le bord de précipices de plus en plus profonds. Un tournant permit à Balthazar de rendre son déjeuner. Après quoi, il dormit, l'âme et l'estomac satisfaits.

A six heures, le chemin s'élargissant, son père vint l'embrasser et lui fournit sur toute l'affaire des explications minutieuses que le prince héritier écouta aussi religieusement que s'il avait connu les moindres nuances de la langue employée. Puis les troupes défilèrent devant eux, et Balthazar, tout au regret que Coloquinte n'assistât point à ces manifestations grandioses, s'entretenait avec elle.

On marcha jusqu'à la fin de la journée suivante, avec de petites haltes qui réveillaient Balthazar en sursaut. Les montagnes arides furent traversées, et soudain, à l'issue de plusieurs défilés, s'ouvrit une large plaine de l'autre côté de laquelle on discernait des feux et des rassemblements. C'était l'armée ennemie. Le sort du pays se déciderait le lendemain.

On dressa quelques tentes sur un plateau rocheux. Pendant que Revad pacha partait en inspection, Balthazar aperçut deux escogriffes qui tenaient un cheval par la bride. Ils en descendirent une longue corbeille d'osier qu'ils installèrent devant la tente voisine. Une femme y était attachée par des cordes. Ils montèrent la faction près d'elle, le poignard à la main.

Elle était jeune et belle. La soie de ses vêtements était tissée d'or et d'argent. Le ciel empourpré éclairait son chaud visage d'Orientale. Elle sourit à Balthazar qui souleva poliment son chapeau haut de forme. Jusqu'à ce que l'ombre du soir la cachât à ses yeux, il ne cessa de la contempler.

A son retour, Revad pacha le serra tendrement contre lui, et ils s'étendirent sur des peaux de bêtes et des coussins où le chef ne tarda pas à ronfler.

Presque aussitôt chuchotait la musique sourde d'une sorte de guitare, et une voix de femme berça la nuit paisible d'une chanson douloureuse et passionnée. Bouleversé d'émotion, Balthazar posa la tête sur la poitrine de son père qui bredouilla :

« Monn'fils... Monn'fils... »

Il ne dormit pas. Parfois il prononçait le nom de Coloquinte, et l'image de la jeune fille et de ses deux nattes rigides flottait sous ses paupières closes.

La jeune captive chanta toute la nuit. Quelques coups de feu claquèrent. Le ciel commençait à pâlir. Revad pacha embrassa son fils.

Avant le combat, il donna aux deux escogriffes

des instructions qui signifiaient clairement qu'il fallait, en cas de défaite, égorger la prisonnière. Ce point réglé, il siffla son état-major et la bataille commença. Elle débuta mal pour la bonne cause. Toute son artillerie fut détruite, non point par les obus anglais de la Catarina dont aucun n'explosa, mais parce que les canons français de Revad éclatèrent tous, supprimant du premier coup officiers, soldats, équipages et munitions.

Alors les deux armées s'élancèrent. Les hommes brûlaient du noble désir de tuer. Revad pacha piqua des deux, entouré de son état-major, et Balthazar constata fièrement que l'allure du galop lui convenait aussi bien que le rythme du pas.

« Quel dommage, se disait-il, que Fridolin ne soit pas à mes côtés ! Fridolin vaut un régiment. »

Mais, à la première balle qui siffla près de ses oreilles, le prince héritier se laissa choir et toute la cavalerie lui passa sur le corps.

Aussitôt debout, il se délivra de son harnais de guerre. En pardessus moutarde et en chapeau haut de forme, il avait l'air d'un voyageur inoffensif, et personne ne s'occupait de lui.

Cependant, la bataille faisait rage. Ce n'étaient que duels furieux, engagements de groupes et chocs de phalanges massives. Il y avait beaucoup de fuyards. Une des armées ployait. Mais laquelle ? Les jupes étaient toutes analogues, et les faces couleur de brique avaient la même expression sauvage et terrifiée.

Subitement, il avisa les deux escogriffes qui poursuivaient leur prisonnière. Elle sautait légèrement par-dessus les cadavres, mais si vite qu'elle courût, ils allaient la rejoindre et la frapper, lorsque Balthazar se glissa devant eux et brandit sur leurs têtes la crosse d'un fusil. La vue du prince héritier les arrêta. D'un geste violent, il leur fit signe de partir. Ils s'en allèrent. Alors la jeune fille lui saisit la tête entre ses bras, et sa gratitude s'exprima par un long baiser et par des soupirs charmants.

L'arrivée d'une troupe les sépara. Les guerriers, qui devaient être des ennemis, reconnurent la jeune fille :

« Hadidgé !... Hadidgé !... »

Quelques-uns d'entre eux se prosternèrent à ses genoux. Puis on se mit en route suivant une direction contraire à celle des fugitifs, dont le nombre devenait de plus en plus grand.

La jeune fille n'avait pas lâché la main de son sauveur. Si peu qu'il pût comprendre à cette rafale d'événements, il entrevoyait confusément que la bonne cause était perdue, que Hadidgé se trouvait au milieu des partisans de la Catarina, que celle-ci avait remporté la victoire, et que lui, en fuyant le combat, il trahissait son pays et son père de la façon la plus indigne.

Mais la jeune fille lui avait laissé aux lèvres le goût d'un baiser qui le rendait docile comme un enfant.

Elle avait le visage le plus doux qui fût et une expression de bonté ineffable. Les guerriers, en la regardant, oubliaient leurs fatigues et prenaient un air de mansuétude. Elle marchait avec un sourire espiègle sur le visage atroce des cadavres et, du bout d'une fine épée qu'elle tenait de sa main libre, s'amusait quelquefois à perforer l'œil d'un blessé. Balthazar, soulevé d'horreur, ne savait que penser d'elle.

La bataille finissait. Il n'y avait plus qu'un foyer

de résistance sur un monticule où flamboyaient des sabres et où crépitaient les dernières cartouches.

Ils en firent le tour. Mais le geste formidable d'un guerrier qui combattait là-haut ouvrit une brèche dans les rangs de ses agresseurs, et Balthazar distingua la silhouette de son père. Alors il comprit l'étreinte de Hadidgé, s'éloigna, poursuivi par ses reproches furieux, franchit des remparts de blessés et de moribonds et se jeta dans la fournaise.

Son intervention fixa le dénouement, en ce sens que Revad pacha dut renoncer à tout espoir de salut, dès l'instant où il lui fallait défendre et protéger son fils. Balthazar, à genoux entre lui et un quartier de roc, se faisait aussi petit que possible, et tel ce fils d'un roi de France qui signalait les coups dirigés contre son père, il criait :

« Gardez-vous à droite... A gauche, à gauche, mon père. »

Le pacha succomba et fut rapidement ficelé, ainsi que ce monsieur en pardessus moutarde dont personne ne chercha à s'expliquer la présence en ces lieux.

La capture du grand chef provoqua des transports de joie. On le coucha dans une charrette, la face tournée vers le soleil de midi, et enduite de miel pour que les mouches et les abeilles s'y vinssent délecter. Balthazar fut heureux qu'on lui appliquât le même traitement.

Un chemin cahoteux les conduisit en pleine montagne, aux abords d'une petite forteresse à pont-levis qui devait dater des croisades. Un seigneur en jupon les accueillit et les claquemura dans une pièce voûtée, que soutenait un pilier central, qu'éclairait une large fenêtre en ogive et qu'ornaient des instruments de torture : chevalets, enclumes, haches et tenailles. Des chaînes remplacèrent les cordes. On les laissa seuls après leur avoir donné une cruche d'eau et de la bouillie. Leurs mains étaient libres. Ils étaient si las qu'ils s'endormirent.

Le bruit d'une discussion violente réveilla Balthazar. Les poings crispés, les bras tendus et frémissants, son père invectivait contre une femme qui, dans la même attitude de menace, lui lançait des injures. Leurs poings se touchaient presque. Balthazar n'eut pas besoin de se reporter à la photographie pour savoir qui était cette femme. Revad pacha proférait son nom comme si c'eût été le pire des outrages : « La Catarina! Catarina-la-Bougresse! »

Elle avait un dur visage tout flétri, couvert de poudre jaune, mais admirable encore, et ses bras nus autour desquels sonnaient des cercles d'argent étaient beaux comme deux bras de statue.

L'acuité de sa voix réduisit le pacha au silence. Elle appela. Le seigneur du château entra, accompagné d'une demi-douzaine de guerriers dont l'un tenait une pointe de fer chauffée à blanc. Sur l'ordre de la Catarina, l'extrémité de cette pointe fut appliquée sur le front du chef, entre les deux sourcils. La peau grésilla. Le chef demeura impassible. Mais Balthazar s'évanouit dans ses chaînes.

La Catarina, ignorant ce qu'était ce personnage en chapeau haut de forme, s'enquit auprès du seigneur. Celui-ci ne savait rien, et les autres pas davantage. On crut donc à une erreur, et il fut délivré.

Balthazar chancelait. La vue des instruments de supplice, l'odeur du brûlé et l'ingestion d'une nouvelle écuelle de bouillie, tout cela était au-dessus de ses forces, et, malgré son épuisement, il se dirigea vers la porte en toute hâte. Déjà Revad pacha se réjouissait et pouvait croire au salut du prince héritier, lorsque, par malheur, les yeux du père et du fils se rencontrèrent. Alors, Balthazar s'arrêta et dit :

« C'est moi le prince héritier. C'est moi Mustapha... »

La femme parut stupéfaite. Balthazar répéta, en se frappant la poitrine avec orgueil :

« Mustapha... Mustapha... »

Après un moment, d'un geste brusque, elle lui arracha son col et vit les trois lettres.

Une telle joie la secoua qu'il en fut ravi, convaincu qu'elle allait l'embrasser à son tour et fêter tendrement ce fils que lui rendait un destin favorable.

Mais elle donna l'ordre qu'on l'enchaînât de nouveau, lui fit toucher le front avec la pointe de fer rouge, et se retira en lançant des éclats de rire qui résonnaient dans la chambre des tortures.

VIII

« JE MEURS SANS REGRETS, PUISQUE C'EST POUR LA BONNE CAUSE »

BALTHAZAR, Balthazar, avez-vous donc oublié que la philosophie quotidienne se plaît à nier l'héroïsme et proclame la vanité du sacrifice ? A quoi bon fonder une doctrine si on doit la répudier au moindre élan d'un cœur trop sensible. Voilà que vous risquez aujourd'hui la mort, ou des supplices pires que la mort, pour ne pas abandonner le troisième de vos pères et demeurer fidèle à des devoirs un peu fictifs de prince héritier.

Mais Balthazar ne se posait jamais de questions et ne tenait pas la logique pour une vertu primordiale. Quel que fût son père, il l'aimait, et on ne quitte pas son père à l'heure du danger.

Ses chaînes le lui permettant, il soigna donc le blessé qu'une mauvaise fièvre échauffa pendant les journées qui suivirent. Balthazar lavait ses plaies avec l'eau de la cruche et lui faisait des cataplasmes avec les bouillies qu'apportait un geôlier.

Le reste du temps, il partageait ses pensées entre Yolande, Coloquinte et Hadidgé.

Le sixième jour, la Catarina apparut, escortée de la charmante Hadidgé. Celle-ci, tandis que les deux époux disputaient chaleureusement, s'agenouilla près de Balthazar, le nettoya, le couvrit de parfums et lui offrit des confitures d'oranges qu'il ne manqua pas de dévorer. Puis, tout en caressant de sa main délicate les cheveux du jeune homme, elle lui parla longuement. Balthazar suivait le jeu des mots sur les lèvres rouges. A la fin, elle se rendit compte que, en matière d'explication, les paroles n'avaient pas la même valeur qu'un baiser. Et elle l'embrassa.

Quatre jours durant, les deux femmes revinrent, et les choses se passèrent de la même façon, à cela près que Hadidgé prononça d'autant moins de paroles qu'elle donnait plus de baisers. En revanche, la Catarina et son mari trouvaient dans leurs imprécations de nouvelles forces pour se maudire.

Le résultat de ces disputes fut l'intervention d'une archimandrite, dont la figure n'était qu'un prétexte à barbe blanche. Il posa ses mains en signe de bénédiction au-dessus des têtes de Balthazar et de Hadidgé, psalmodia quelques phrases, et tendit aux jeunes gens deux anneaux d'or. Hadidgé en mit un à son doigt. Balthazar observa son père et repoussa l'autre.

Il semblait ainsi que les événements eussent pu aboutir à un mariage. C'était là sans doute une condition posée par la Catarina et qui faisait l'objet de ses querelles tumultueuses avec le pacha. Celui-ci refusant, Balthazar ne pouvait que refuser.

Hadidgé répandit quelques larmes. L'archimandrite se retira et fut remplacé par l'homme au fer rouge, qui s'approcha des deux prisonniers et les brûla dans la chair du mollet.

D'autres journées suivirent, exactement semblables, et que dominaient chez Balthazar deux impressions en quelque sorte fulgurantes : le baiser de la jeune fille et la morsure du feu. En dehors de cela, tout demeurait ombre, mystère et contradiction...

Pourquoi Hadidgé, qui lui montrait tant de gentillesse, l'abandonnait-elle ensuite aux mains du bourreau ? Pourquoi Revad pacha préférait-il le sacrifier et s'immoler lui-même plutôt que de consentir au mariage ? Et pourquoi tant de cruauté chez la Catarina à l'endroit de son fils ?

Il souffrait beaucoup. Ses jambes enflèrent. Revad pacha fut repris de fièvre, et son délire ne cessait qu'aux heures où il pouvait outrager Catarina.

Celle-ci perdit patience, et, un matin, on défit leurs chaînes et on les assit devant la fenêtre qui était munie de barreaux solides. Dehors, au-delà des fossés, ondulait un vaste terrain où ils entendaient parfois manœuvrer la petite garnison du château.

Ils virent deux poteaux surmontés d'une pancarte avec leurs noms : « Revad »..., « Mustapha ». Des mannequins y étaient attachés. Deux escouades de douze guerriers en jupons furent placées sur deux rangs, en face des poteaux, et, par salves bien réglées, se mirent à fusiller les mannequins.

Catarina annonçait et préparait ainsi pour le lendemain la double exécution de son mari et de son fils. Elle vint une dernière fois, et jusqu'au soir les deux époux vociférèrent. Hadidgé, dont les larmes et les baisers prouvaient un désespoir infini, accrocha l'anneau d'or près de Balthazar afin qu'il n'eût qu'un geste à faire pour le passer à son doigt et obtenir sa grâce.

Puis elles s'en allèrent. L'interminable nuit commença. Dans la salle voisine, où se tenaient les soldats de garde, la douce musique s'éleva, balancée entre la voix grave de Hadidgé et le chant en sourdine de la guitare.

Et cela disait tant de choses sur le bonheur, la volupté, les terrasses des maisons d'où l'on voit le soleil pénétrer dans la mer violette, les odeurs de jasmin et d'oranger, les bras et les lèvres d'une femme amoureuse, qu'il se sentit défaillir et près d'avancer la main vers l'anneau d'or. Sa résistance se dispersait comme du sable que le vent soulève.

Pour ne plus entendre, il parla tout haut. Il dit adieu à la dompteuse Angélique, évoqua la noble figure du comte de Coucy-Vendôme, et n'eut que des mots de pardon pour l'assassin Gourneuve. Mais rien ne lui donna plus d'apaisement qu'une longue conversation avec sa fidèle Coloquinte.

« Ne crois pas, Coloquinte, que je retranche rien de mes convictions. Sur le moment de mourir, la philosophie quotidienne m'apparaît, au contraire, comme la meilleure des doctrines. A force de la pratiquer, on s'adapte immédiatement aux pires circonstances, on ne voit en elles que ce qu'elles contiennent de réalité banale et courante, et l'on évite ainsi de les grossir à la taille d'aventures extraordinaires. Il n'y a pas d'aventures, Coloquinte. Il n'y en a pas pour quiconque demeure en équilibre. L'aventure, ce serait de mettre l'anneau d'or à son doigt et de se soumettre à la belle Hadidgé. Je ne le ferai point. »

Tous ces discours n'avaient pas beaucoup de

sens. Mais il n'est pas besoin que nos paroles soient raisonnables pour nous apporter le secours de la raison et le calme de la sagesse. La musique avait cessé. Balthazar s'endormit.

Il fut réveillé par les aiguilles de cactus plantées au menton du pacha. Jamais père et fils ne s'embrassèrent avec plus de foi et de simplicité. L'étreinte de Balthazar fut telle qu'elle l'eût été s'il avait eu derrière lui vingt ans de piété filiale et de tendresse.

Les guerriers les couchèrent sur des brancards. On franchit le pont-levis et on traversa la plaine onduleuse. Ils furent assis au pied des poteaux, devant un trou fraîchement creusé qui devait recevoir leurs cadavres. Ils refusèrent d'être attachés.

Le seigneur ficha son épée en terre et posa l'anneau d'or sur le pommeau, tout près de Balthazar. Celui-ci sourit dédaigneusement. L'âme de son père et de ses aïeux passait vraiment en lui, et le haussait au rang d'un prince héritier qui ne transige pas, quand l'honneur de la race est en jeu.

Le jour se levant, les montagnes surgissaient de l'ombre et leurs cimes se couronnaient de lumière rose. Les deux escouades en jupons firent des manœuvres savantes pour que l'alignement s'opérât selon les règles. Mais l'irruption de la Catarina dérangea un peu l'ordre de la cérémonie et troubla le magnifique silence. Les deux époux avaient encore quelques injures effroyables à se jeter. Dans un admirable sursaut d'énergie, le pacha sortit vainqueur de ce tournoi suprême. En revanche de quoi, la Catarina donna le signal de l'exécution.

Les choses se passèrent très dignement. Le

pacha réussit à s'équilibrer sur ses jambes meurtries, et le prince héritier dressa son chapeau haut de forme et son pardessus moutarde. Leurs mains se joignirent.

« Je meurs sans regret, puisque c'est pour la bonne cause », songea Balthazar.

Peut-être eût-il été content de savoir quelle était cette bonne cause à quoi il se dévouait. Mais aucune chance ne lui restait de l'apprendre. Il se résigna. Par la grâce d'une nature infiniment sensible et par la pureté de son cœur, ce jeune homme malingre et peureux se tenait, devant la mort, avec la vertu d'un stoïcien.

Il vit sur la terrasse du château Hadidgé qui se traînait à genoux. Non loin de lui, la Catarina le regardait et jouait avec l'anneau d'or.

Il baissa les paupières, aperçut en lui-même les yeux éperdus de Coloquinte, chercha quel conseil la philosophie quotidienne pourrait bien lui adresser, et, ne trouvant pas, pria Dieu.

Un commandement rauque déchaîna le tonnerre des vingt-quatre fusils et précipita, à travers les montagnes, le roulement formidable des échos. Balthazar et le pacha, sans se lâcher la main, piquèrent de la tête dans le trou béant.

Balthazar pensa qu'il n'est pas douloureux de recevoir douze balles en pleine poitrine, et que la mort ne change pas grand-chose aux conditions habituelles de la vie. Il continuait de percevoir les bruits et de sentir le tourment de ses mollets.

Il discerna même l'approche du soldat qui avait pour mission de donner le coup de grâce, lequel consistait dans l'ablation de la tête. Ainsi le pacha fut-il décapité à l'aide d'un yatagan, et le prince éprouva-t-il l'impression d'un rasoir qu'on vous promène sur la nuque. Ce n'était pas plus pénible que le choc de douze balles.

Le soldat fit tomber sur eux quelques pelletées de terre, qui n'empêchaient pas Balthazar de contempler le grand ciel bleu où deux vautours descendaient vers eux, en décrivant de larges cercles. Il chercha les mots d'un discours à Coloquinte pour lui faire observer que les trois hommes qui le réclamaient comme fils avaient eu le cou tranché, ce qui donnait du poids aux prédictions de la somnambule. Il eût voulu également lui révéler qu'il y a des miracles et qu'on peut être à la fois mort et vivant. Mais il n'était pas très sûr d'être mort.

Cependant, les guerriers célébraient leur exploit par un festin de bouillies et par des libations que la Catarina leur offrait à même le champ de massacre. Aussi n'opposèrent-ils aucune résistance à l'assaut d'une troupe de cavaliers furieux qui dégringolaient des montagnes voisines et les égorgèrent sans épargner le seigneur. Balthazar souleva la tête et vit Catarina-la-bougresse qui était pendue aux créneaux du château, et la charmante Hadidgé qu'un superbe chef en jupon ficelait, comme une momie, sur le garrot de son cheval. Il pensa qu'un troisième parti gagnait la bataille définitive et, par là même, réglait à son profit le différend franco-anglais.

Il souffrait horriblement des jambes et ses idées devenaient confuses. En outre, la main de son père glaçait la sienne. S'étant évanoui, il entra dans des régions désolées où d'affreux supplices lui furent infligés, dont le plus affreux était cette sensation de glace à la main. Toute une ronde de fantômes dansaient autour de lui et le blessaient méchamment aux jambes. Puis il en vint un qui chassa les autres et se mit à genoux.

Celui-là prenait la voix de Coloquinte, et, s'efforçant d'entrouvrir les yeux, Balthazar crut reconnaître, à la lueur d'une lanterne qui vacillait au milieu des ténèbres de la nuit, deux nattes rigides.

Sa main n'avait plus froid. Sur sa tête nue, on remit le chapeau haut de forme, et sur ses épaules un gros châle de laine. Les gestes de la personne qui le soignait avaient la douceur des gestes de Coloquinte. Il n'était pas surpris, d'ailleurs, de rêver d'elle, car elle lui avait juré protection, et d'un air si déchirant qu'il en gardait encore le souvenir attendri.

« Il va se réveiller, dit une voix d'homme.

– Bientôt, murmura Coloquinte. Donnez-moi la gourde de cognac qui est là..., dans ma serviette de cuir. » Il avala quelques gorgées qui le réchauffèrent, mais la voix de l'homme reprit :

« Etes-vous bien certaine que ce soit lui ?

– Que ce soit Balthazar ?

– Non, mais que Balthazar soit bien celui que je cherche ? Je voudrais en avoir la preuve irrécusable.

– Mais puisque je vous ai parlé de cette marque, de ces trois lettres...

– Je tiens à m'en assurer moi-même. »

A son tour, il se pencha et saisit un des côtés du col ouvert.

Nos réserves d'énergie sont inépuisables. Balthazar se raidit avec la brutalité d'un ressort qui se détend. Des pieds à la tête, une rage soudaine l'avait secoué, et, de ses deux mains, il tenait l'intrus à la gorge :

« Qu'est-ce que vous me voulez ?... Je ne consens pas... »

Coloquinte s'interposa, et, d'une voix suppliante :

« Je vous en prie, monsieur Balthazar, c'est lui qui vous a sauvé..., qui a payé les soldats et l'officier pour qu'on ne vous tue pas. C'est M. Beaumesnil, le grand poète.

– Qu'il s'en aille !

– Monsieur Balthazar, c'est votre père. »

Ce mot redoubla l'irritation de Balthazar. Il avait encore une âme de prince héritier, et son père n'était et ne pouvait être que le héros chevaleresque, mort pour la bonne cause, et dont le cadavre décapité gisait près de lui.

« Qu'il s'en aille ! Assez de toutes ces histoires stupides ! »

Coloquinte ordonna :

« Parlez, monsieur Beaumesnil... Je vais le calmer, et nous vous rejoindrons sur le chemin de l'auberge. Venez à notre rencontre avec les chevaux. »

Les pas de l'homme s'éloignèrent. Coloquinte s'allongea dans la tombe. Un ciel d'étoiles planait au-dessus d'eux. Tout autour, c'était le grand silence d'un cimetière. Elle murmura :

« Ne vous fâchez pas contre lui, monsieur Balthazar. Vous n'aurez pas à rougir d'être le fils de M. Beaumesnil... C'est un grand poète... Il a écrit des livres que tout le monde admire. Il vous cherche depuis longtemps...

– Tais-toi, Coloquinte, dit Balthazar, qui se souvenait de la formule horripilante, tais-toi, je suis excédé...

– Oui, dit-elle, n'en parlons plus. Plus tard, vous réfléchirez. Mais maintenant nous devrions prendre la fuite. Levez-vous, monsieur Balthazar.

– Je ne peux pas, Coloquinte. Regarde mes jambes. »

Elle projeta la lumière de ce côté, et, aussitôt, s'épouvanta :

« Oh ! est-ce possible ? Qui vous a blessé ainsi ?

– Cette femme... et son bourreau... avec un fer rouge.

– Un fer rouge !... Ils vous ont brûlé comme des sauvages ? »

Elle l'embrassa désespérément, et, le tutoyant pour la première fois, frémissante et révoltée :

« Oh ! mon chéri, qu'ont-ils fait de toi ! Oh ! mon chéri ! mon chéri, mon chéri..., dis-moi que tu ne souffres plus... c'est au-dessus de mes forces... Mon Dieu, mon Dieu, moi qui donnerais ma vie... »

Elle se glissa jusqu'aux plaies qu'elle bassina légèrement, et d'où elle enlevait la terre à l'aide de ses lèvres ardentes.

Et sans arrêt, avec des sanglots et des baisers, elle chuchotait dans les ténèbres :

« Mon chéri... mon chéri... ne souffre plus... je ne veux pas que tu souffres... tu n'as plus mal, n'est-ce pas, mon chéri ? »

IX

IL NOUS EST PLUS DIFFICILE DE CONNAITRE LA RAISON DE NOTRE BONHEUR QUE CELLE DE NOS TOURMENTS

Lorsque Balthazar reprit tout à fait conscience, il se trouvait sur le pont d'un joli yacht, étendu au fond d'un rocking-chair, et sous la garde de Coloquinte. Les eaux calmes d'un petit port luisaient à l'entour. Une ville italienne se tassait entre deux collines. Ils se sourirent et elle lui demanda :

« Vous ne souffrez plus, monsieur Balthazar ?

– Plus du tout.

– Mon Dieu, que c'est bon de vous entendre dire cela ! Nous avons été bien inquiets depuis six jours.

– Six jours déjà... Ah ! Coloquinte, quel cauchemar ce fut, là-bas !...

– Je sais... je sais... dit-elle. Durant votre délire, vous nous avez tout raconté... La bataille..., la torture... l'exécution... Ce que j'étais malheureuse en vous écoutant ! »

Il prit un malin plaisir à regarder les deux nattes blondes qu'il avait souvent évoquées au cours de la nuit funèbre. Les nattes, moins rigides, se terminaient par des boucles légères. Les yeux exprimaient des sentiments qu'il ne comprenait pas, mais qui l'emplissaient d'un bonheur tranquille et infini.

A l'autre bout du pont, quatre hommes, les quatre matelots, étaient penchés par-dessus le bastingage. L'un d'entre eux projeta une échelle de corde dont ils maintinrent les extrémités. Une tête apparut, puis un buste dodu qui ruisselait, puis deux jambes massives sur lesquelles se plaquait un caleçon de bain tout mouillé. Un bond, et le baigneur sauta sur le parquet. Aussitôt, un des matelots lui donna une vigoureuse friction. Puis, s'étant approché jusqu'au milieu du pont, il se mit à faire des exercices de gymnastique et de respiration.

Il avait un torse de gros bébé, que la pratique du sport n'avait doté d'aucun muscle apparent. De loin, sa face poupine et enflammée, sans un poil, était celle d'un Romain de la décadence, accoutumé, les soirs d'orgie, à porter une couronne de raisins rouges. Quand il levait les bras, sa poitrine grasse rentrait en elle-même et faisait saillir un petit ventre en boule pareil à un ballon d'enfant.

La séance se termina par un assaut d'escrime. Coiffé d'un casque en fil de fer et vêtu de son caleçon mouillé, il se démenait avec une agilité extrême, sautillait à la façon d'un bonhomme en baudruche, et lardait son adversaire à coups de fleuret.

Balthazar, assez déconcerté, demanda :

« C'est Beaumesnil, n'est-ce pas ?

– Oui, répondit Coloquinte, c'est M. Beaumesnil, votre père. »

Il ne protesta pas.

« C'est un grand et illustre poète, affirma-t-elle. A Syracuse, à Catane, nous avons reçu la visite de dames et de messieurs qui s'empressaient autour de lui et le comblaient d'éloges. »

Balthazar murmura, en hochant la tête :

« Il me semble un peu étrange. »

Elle formula :

« Les grands poètes sont ainsi, monsieur Balthazar. »

A ce moment, le grand poète ayant aperçu Balthazar et Coloquinte, leur fit un signe d'amitié et se dirigea vers sa cabine, d'où il sortit en trottinant, habillé d'un peplum de soie blanche, et tête nue. Ses lèvres, aux coins retroussés, ses sourcils en accent circonflexe, lui donnaient un air de petit garçon heureux.

Il baisa la main de Coloquinte, s'assit à côté de Balthazar, et lui dit sans préambule :

« Coloquinte m'a raconté peu à peu votre histoire, Rudolf, et les événements singuliers dont vous avez été victime. Quoique la vérité soit bien difficile à découvrir au milieu de ténèbres aussi épaisses, il est certain qu'il existe entre nous des liens secrets dont l'avenir nous démontrera la réalité. En attendant, ne nous est-il pas possible d'en établir d'autres qui soient faits de sympathie, de confiance et d'estime mutuelle ? Nous serons alors tout prêts à nous aimer comme père et fils, puisque nous nous aimerons déjà comme hommes. »

Sa voix, qui contrastait avec sa physionomie

béate, rappelait les sons caverneux d'une basse chantante. Il devait aller la chercher au plus profond de son ventre et l'exhalait comme une voix d'outre-tombe. Mais, au bout d'un moment, on en subissait le charme grave, et sa musique, sonore à la fois et insinuante, vous pénétrait d'une langueur agréable.

« Puisque je connais votre histoire, il est bon que vous connaissiez la mienne, Rudolf, tout au moins dans la mesure où elle vous concerne. Cela m'oblige à certaines révélations qui pourraient sembler indiscrètes si la presse du monde entier n'avait jadis éclaboussé de scandale la plus intime et la plus douloureuse des aventures. En quelques mots, voici. Il y a plus d'un quart de siècle, âgé de vingt ans, poète inconnu, je fus appelé comme précepteur dans une petite cour royale d'Allemagne. La reine, aimable et fraîche, admirée de tous, et que l'on désignait sous le nom gracieux de Fraise-des-Bois, voulut bien me compter parmi ses amis.

« Laissons dans l'ombre ce qui se passa depuis le jour où j'eus l'audace de jeter les yeux sur ma reine, jusqu'au jour où, dans une crise de désespoir et de folie dont je dois être tenu pour responsable, nous prîmes la fuite, elle et moi. Et ne parlons pas non plus de mes cinq duels avec des officiers du roi et des tentatives d'assassinat dont je fus victime, non plus des persécutions que les deux coupables eurent à subir, et non plus de leur mariage et de leur bonheur, — mais seulement de l'événement tragique par lequel s'exerça, trois ans plus tard, la vengeance du roi : notre enfant, le petit Rudolf, âgé de quelques mois, était enlevé.

« Acte abominable qui ne laissa aucune trace. C'était la fin navrante de la belle aventure et le début d'un chagrin que la reine ne supporta pas. Elle se mura vivante dans l'ancien hôtel qu'elle possédait à Paris, et nul ne l'a plus revue que sa vieille nourrice qui la soigne, et que moi, l'auteur de tous ses maux. C'est, à n'en point douter, votre mère, Rudolf. Vous pourrez vous mettre à genoux devant elle comme devant une sainte. »

Beaumesnil s'exprimait avec emphase, comme s'il se fût confessé de fautes qu'il estimait loyal de juger sévèrement. Il continua :

« Six ans s'écoulèrent encore. Le roi mourut. A son lit de mort, il déclara que l'enfant vivait et qu'il avait été marqué à la poitrine de trois lettres : M. T. P. Cette déclaration me fut transmise, mais, hélas ! sans autre renseignement qui la précisât et m'aidât à retrouver notre fils. Je m'y employai cependant, Rudolf, et de la façon la plus tenace. Mais, durant vingt années, le secret des trois lettres mystérieuses se déroba. C'est une lettre anonyme, reçue en Norvège, il y a quelques mois, qui m'apprit dans quelle retraite et sous quel nom vivait le fils de la reine. Aussitôt, je vous écrivis, annonçant mon arrivée, et, à l'heure fixée, j'étais là. Une seconde fois, vous aviez été enlevé, Rudolf ! Le reste, Coloquinte vous l'a peut-être déjà dit. Grâce à mes relations, je sus où le destin vous conduisait. Un de mes amis me prêta son yacht. Coloquinte et moi, nous débarquâmes là-bas, le surlendemain de la bataille, et, en quelques jours, nous avions la chance de découvrir votre prison, de nous entendre avec le chef des soldats, et de vous sauver, Rudolf. »

Beaumesnil se rapprocha et saisit les mains de Balthazar entre les siennes.

« Pour que vous me compreniez bien et pour que vous jugiez avec indulgence une vie qui n'est pas toujours ce qu'elle devrait être, il vous faut voir en moi, non pas un homme de notre époque, mais un homme qui se rattache plutôt par ses goûts et ses habitudes au temps où l'on vivait plus près de l'instinct et davantage selon la fantaisie. J'en ai tellement conscience que je m'amuse très souvent à m'accoutrer en individu de ce temps-là : artiste de la Renaissance italienne ou rhapsode de l'ancienne Grèce. Manie ridicule dont j'ai tenu à vous avertir pour que vous ayez moins envie d'en sourire. Et n'en disons pas plus aujourd'hui, Rudolf. Laissons les heures et les jours travailler à notre union. »

Ayant ainsi parlé, il se leva, pivota sur ses talons, et s'éloigna en donnant à son dos et à son allure toute la majesté que comportaient une silhouette trop large et des jambes trop courtes.

Quelques minutes après, l'ordre de départ étant donné, le rhapsode grec, debout à l'avant, lançait aux populations attroupées sur le quai, de grands vers puissants, qui attestaient une âme noble autant que passionnée.

« C'est un grand poète », répéta Coloquinte.

Balthazar laissa tomber :

« Il est bien ennuyeux, Coloquinte ! »

Ils errèrent durant quinze jours, faisant escale dans les ports de Sicile et d'Algérie. Beaumesnil débarquait. Alors Balthazar et Coloquinte demeuraient seuls sur le pont, en face des cités blanches et des collines accablées de soleil. Ils parlaient à peine. Leurs rêves flottaient au gré du silence. Les blessures de Balthazar guérissaient, et il se sentait engourdi par un bien-être qu'il attribuait au souffle de la mer, et à la nonchalance de ses pensées. Si Coloquinte le quittait trop longtemps, il l'appelait aussitôt près de lui.

Chaque soir, Beaumesnil venait lui faire sa cour ainsi qu'à la jeune fille. Il leur racontait sa journée avec une verve amusante et une grande poésie de description. Ou bien il examinait les problèmes qui compliquaient la vie de Balthazar et supputait les chances que l'on avait de les résoudre suivant ses vœux paternels.

« Il saura découvrir la vérité, dit un soir Coloquinte, et vous rendre votre véritable nom, monsieur Balthazar. »

Il répliqua distraitement : « Cela m'est égal. »

La nuit était radieuse. Elle leur apportait tous les enchantements des paysages où se pose le clair de lune. La mer les balançait et les enivrait de son haleine embaumée par les fleurs voisines.

« Est-ce possible, monsieur Balthazar! dit Coloquinte, avec stupeur.

— C'est ainsi, affirma-t-il. Je n'éprouve plus ces élans du cœur qui me précipitaient chaque fois vers ceux dont j'étais apparemment le fils.

— Mais pourquoi, monsieur Balthazar?

— Je ne sais pas, Coloquinte. Mais cette succession de pères, qui tous ont les mêmes droits sur moi, puisqu'ils se réclament des mêmes preuves, tout cela me conduit à une indifférence totale. Revad pacha, le comte de Coucy-Vendôme s'effacent dans le passé, et Beaumesnil, malgré ses efforts et sa poésie, ne prend pas la place vide. »

Un silence, et il ajouta : « Et puis, d'ailleurs, est-ce que la place est vide? Je n'en suis pas sûr.

— Qui donc l'occuperait, monsieur Balthazar? Mlle Yolande?

— Non. C'est comme si j'avais trouvé, je ne sais comment, l'équilibre que je cherchais, depuis mon enfance, auprès de tant de personnes inconnues. J'ai l'impression d'un bonheur que j'ignorais et d'une paix qui n'était pas faite pour moi.

– Depuis quand cette impression, monsieur Balthazar ?

– Depuis ma dernière nuit là-bas, quand tu as défait ma main, Coloquinte, de la main glacée du pacha.

– Mais, alors, qu'est-ce qui vous intéresse, monsieur Balthazar ?

– Ceci, dit-il, en montrant le ciel palpitant d'étoiles, ceci, et le soleil, et les arbres, et des tas de choses dont je ne me souciais pas.

– Des choses, observa-t-elle, que la philosophie quotidienne condamne.

– Coloquinte, je ne pense plus à la philosophie quotidienne. »

La jeune fille n'insista pas. Qu'était-il arrivé à M. Balthazar pour qu'il prononçât un tel blasphème ?

Ils s'en revinrent. Les deux derniers après-midi, Balthazar les passa sur le pont, en face de Coloquinte. Il la regardait complaisamment. Chaque jour, les tresses de cheveux s'étaient défaites un peu plus pour former, autour de la tête, des boucles fines dont l'or s'allumait aux feux du soleil. Parée d'étoffes de soie et d'écharpes multicolores que Beaumesnil lui avait achetées, elle s'en enveloppait avec des gestes qu'il trouvait harmonieux.

Elle lui dit : « C'est la fin d'un voyage que je n'oublierai jamais, monsieur Balthazar.

– Moi non plus, Coloquinte. Mais il semble que tu dis cela avec tristesse.

– Non, mais avec une certaine peur. A mesure qu'on approche, j'éprouve un malaise comme si un danger nous menaçait. »

A Paris, ils décidèrent de prélever sur le trésor un autre billet de cinq cents francs. Coloquinte se mit à l'ouvrage. Balthazar flânait auprès d'elle, sans entrain pour le travail.

Ayant reçu une lettre de Yolande où l'orgueilleuse fiancée se plaignait d'un silence trop long, il mit trois jours avant de répondre, et finit par envoyer un message téléphonique, ce qui était plus commode : « Bataille gagnée. Fortune. Nom historique. »

Deux fois Coloquinte alla voir en banlieue, où les lions de l'Atlas rugissaient, les Fridolin et Mlle Ernestine, laquelle n'avait encore pu se résoudre à quitter la ménagerie et les enfants de la dompteuse Angélique. Balthazar ne l'accompagna point.

« Je les aime beaucoup, et je ne les abandonnerai jamais, dit-il, mais, pour le moment, je n'ai besoin de personne. Tout le monde m'ennuie. »

Cependant, sur les instances de Beaumesnil, qui vint, dans son auto, le relancer aux Danaïdes, il dut promettre d'assister à une soirée travestie que le poète donnait en son hôtel. Le matin de cette soirée, on apporta deux magnifiques costumes. Pour vaincre les dernières hésitations de son maître, Coloquinte lui dit :

« Peut-être M. Beaumesnil voudra-t-il vous présenter comme son fils ? Peut-être vous conduira-t-il près de la reine ? »

Il répondit avec détachement :

« Je ne crois plus, Coloquinte, que mon bonheur dépende de la découverte de mon père et de ma mère. »

L'hôtel, que la reine tenait d'un héritage, était situé le long des Invalides, et précédait un grand jardin au fond duquel s'élevait un pavillon où la recluse habitait avec sa vieille nourrice. Les salons, en dehors des chaises louées pour la soirée, ne contenaient pas un seul meuble, toutes les œuvres d'art qui les ornaient jadis ayant été vendues peu à peu par le grand poète que ses goûts somptueux avaient déjà ruiné plusieurs fois.

Il y avait foule. Tout ce qui compte à Paris se bousculait dans les salles et dans l'immense galerie où s'allongeaient les tables du buffet. Un héraut d'armes proclamait les noms des invités, leurs titres de noblesse et de gloire, et le nom des personnages représentés.

Beaumesnil avait revêtu, disait-il, le costume même que portait Benvenuto Cellini à la cour de Francois Ier : mantelet de velours grenat et casaquin de satin noir à crevés, fraise haute où s'engonçait un visage rose agrémenté d'une barbe en pointe. Le toquet à la main, la rapière battant ses courtes cuisses moulées dans de la soie gris perle, il décochait aux nouveaux venus des madrigaux en forme de rondels, de triolets ou d'odelettes.

Le héraut d'armes annonça :

« M. Rudolf, chevalier d'Artagnan... Mlle Coloquinte, marchande de frivolités. »

Balthazar maugréait sous un feutre à plumes et sous une large cape de mousquetaire que relevait par-derrière le fourreau de son épée. Cette cape, en s'ouvrant, laissait voir un justaucorps en peau de chamois où pointaient les os d'une poitrine anguleuse.

Tout de suite, Coloquinte, marchande de frivolités, attira l'attention. Le fichu Marie-Antoinette et la capeline de paille lui allaient à merveille. Aucune affectation dans sa tenue, qui était un mélange de réserve et de gaieté. Beaumesnil la promena parmi les groupes.

Le champagne coulait. La foule chantait, au rythme de l'orchestre. Il courait un air de griserie lourde et un certain besoin de vulgarité. Aux fêtes de Beaumesnil, on s'attendait toujours à quelque scandale.

Balthazar se tenait seul, dans un coin de la galerie, d'où il entendait, dominant le tumulte, la voix caverneuse du poète.

Soudain, il le vit qui montait sur une partie de la table que l'on avait débarrassée et transformée en estrade. Beaumesnil se mit à hurler la scène principale d'un drame qu'il avait écrit sur Benvenuto Cellini. Il se démenait, frappait du pied, jetait feu et flammes, et criait son amour pour une certaine Scozzone, jeune fille qu'il aimait éperdument.

A la fin, cet amour prenait de telles proportions que Benvenuto Cellini se décida au rapt. Il sauta donc de l'estrade et s'ouvrit un chemin dans la foule. Coloquinte était là. Il s'exclama :

« La Scozzone ! La Scozzone ! »

Et, brusquement, malgré la résistance de Coloquinte, il la chargea sur son épaule, et s'enfuit par les vestibules avec sa proie.

Les invités riaient de la plaisanterie et se tournaient vers les portes, dans l'attente de sa réapparition. Suffoqué, indécis, Balthazar cherchait à comprendre. Que signifiait cette comédie ?

Lui aussi, il regardait les portes. Il parcourut les galeries et les vestibules. On recommençait à manger et à boire. Il ôta son feutre à plume et s'essuya le front. Il dégouttait de sueur et se trouvait si faible qu'il tomba sur un canapé.

Deux messieurs causaient, non loin de lui, et l'un d'eux disait :

« Quel cabotin que ce Beaumesnil ! Du tapage,

le plus possible de tapage autour de sa personne... Il faut bien vivre et gagner de l'argent!... »

L'autre prononça :

« Elle est gentille, cette petite qu'il portait, ou plutôt qu'il enlevait. Car je parie bien qu'on ne les reverra pas de sitôt.

– Oh! ça, il est capable de tout! déclara le premier. Avec l'aide de son chauffeur, vous savez, ce Dominique à tête de bandit, il l'aura jetée dans son auto et conduite jusqu'à son petit rez-de-chaussée de Neuilly... »

Balthazar se dressa et se mit à courir comme un fou. Sa cape de mousquetaire battait de chaque côté de ses épaules comme des ailes de chauve-souris. Vainement, il essayait de dégainer son épée.

X

AIMER... TUER...

Dans la cour, il se heurta aussitôt à un enchevêtrement de voitures qui amenaient de nouveaux invités ou s'en venaient pour les premiers départs. Il interrogea. On ne savait rien. D'après la disposition des lieux, il se rendit compte que l'automobile de Beaumesnil avait pu l'attendre devant une sortie particulière. En ce cas, comment le retrouver ?

Il rentra. A l'intérieur, on dansait sans plus s'occuper du maître de maison et de ses caprices. Balthazar trépignait d'impatience et de fureur. N'ayant pu extraire son épée, il en agitait le fourreau avec des gestes terribles. La plume de son feutre, à moitié détachée, lui barrait le visage, et il s'empêtrait dans un de ses éperons qui avait glissé sous sa botte. Il lui semblait que les choses vacillaient à l'entour et qu'un cataclysme ravageait l'univers. Pour la première fois, l'idée l'effleura qu'il y avait peut-être, tout de même, des aventures, et que personne n'est à l'abri de ces tempêtes épouvantables.

« Vous ne les avez pas vus? demandait-il, en empoignant les domestiques par le bras.

— Qui, monsieur? »

Il ne répondait point. On le prenait pour un homme qui a trop bu, et il s'éloigna en bégayant :

« Il va la tuer... Il est capable de tout, disent ses amis. »

Il enfila une longue galerie de palmiers et de bambous. Une fenêtre était ouverte. Il sauta dans des plates-bandes et, se rappelant que le pavillon de la reine occupait le fond du jardin, il marcha vers un filet de lumière qui coupait l'ombre des grands arbres. Une petite bâtisse apparut, avec un perron et une porte entrebâillée.

Il agissait au hasard et très vite, selon les ordres incohérents d'un cerveau déréglé, mais que gouvernait la volonté inflexible de recueillir, quels que fussent les obstacles, des renseignements sur la retraite possible de Beaumesnil. Au bas d'un escalier abrupt, une mauvaise bougie veillait dans un chandelier malpropre. Le pavillon, exigu, ne comportait qu'un étage, et deux pièces seulement à chaque niveau. Ayant perçu un murmure de voix, il monta. Une faible chanson l'attira vers une porte qu'il poussa d'un coup.

Une dame âgée, toute ronde, au visage rubicond, habillée de velours, était assise devant une table où elle alignait de grands soldats de carton en forme de quilles. La lampe, sans abat-jour, donnait une lumière fumeuse qui montrait de pauvres meubles et une carpette déchirée. Au mur était accroché le portrait d'une dame jeune, en manteau d'hermine, avec un diadème dans les cheveux. C'était la même femme, et Balthazar ne douta point que ce fût la reine, celle que, jadis, on appelait Fraise-des-Bois. Sa vieille nourrice, la laissant seule, devait assister à la fête de Beaumesnil.

Cette vision arrêta Balthazar, qui enleva son feutre à plume et découvrit une perruque à petits cheveux frisés, couleur de seigle. Fraise-des-Bois chantonnait entre ses dents un air enfantin, et, d'une chiquenaude, abattait un soldat, ce qui la faisait rire.

Il chuchota, en frappant son pourpoint :

« Rudolf... Rudolf... »

Elle leva la tête, ne parut pas surprise, et, d'un revers de main, fit tomber sur le parquet tous les soldats de carton. Le tumulte redoubla son rire, qui s'acheva aussitôt en plainte légère, lorsqu'elle eut pris dans un tiroir, et rangé les uns près des autres, plusieurs objets, une petite timbale, une cuiller à bouillie, une médaille d'enfant, un hochet d'ivoire. Elle les embrassa, puis fit signe à Balthazar de les embrasser aussi. Les lèvres épelaient des mots inintelligibles. Il comprit qu'elle était folle et qu'elle devait l'être depuis la perte de son enfant.

Le spectacle lamentable de cette femme ne l'émouvait pas outre mesure, car il ne pensait qu'aux dangers qui menaçaient Coloquinte. Mais que pouvait-il entreprendre ?

Fraise-des-Bois, toujours souriante, tendit une petite brassière en crochet à laquelle ses mains maladroites se mirent à travailler, défaisant, refaisant et embrouillant les mailles. Le peloton de laine sautait près d'elle avec un bruit de métal qui frappa Balthazar. On avait dévidé cette laine autour d'une clef dont l'anneau, muni d'une étiquette, se dégageait peu à peu. Ayant lu ces mots à demi effacés : rue Berton, à Neuilly, et, subitement convaincu que c'était l'adresse particulière de Beaumesnil, il mit la clef dans sa poche et recula vers le palier.

Pas un instant il n'avait songé que la pauvre folle était peut-être sa mère.

Dans la cour, aucune auto n'était libre; il dut se contenter d'un fiacre lamentable, à roues cerclées de fer, et traîné par un cheval-squelette dont on n'aurait su dire s'il allait au pas ou au trot. Balthazar enrageait. Il grimpa sur le siège et fouetta la bête qui s'arrêta net. Enfin, on déboucha dans une rue sinistre où stationnait une automobile. Balthazar régla le cocher et rasa les murs, tandis que sa cape et son feutre se profilaient sur le macadam en ombres démesurées. Devant une maison isolée et très basse, le chauffeur de Beaumesnil dormait.

Sans bruit, la clef fut introduite et tourna dans la serrure. Balthazar retenait son souffle. A tâtons, il palpa une muraille qu'il suivit et qui le fit pénétrer assez loin dans l'intérieur du rez-de-chaussée. Une marche lui barra la route. Il trébucha et se releva tout juste pour entendre une porte qui s'ouvrait, et pour voir, à quelques pas de lui, le maillot gris perle et le pourpoint grenat de Benvenuto Cellini.

« C'est toi, Dominique? demanda celui-ci. Que diable fais-tu là ? »

Mais, ayant ouvert davantage la porte, il reconnut, en pleine clarté, la cape et le feutre du chevalier d'Artagnan. Il sauta en arrière. Balthazar bondit et entra dans la pièce. A l'autre bout, Coloquinte gisait inerte, sur un fauteuil, les yeux clos, et très pâle.

« Assassin! » proféra-t-il d'un ton rauque.

D'un geste désespéré, il réussit à tirer l'épée de d'Artagnan, une épée molle et sans pointe, qui avait l'air d'une latte de fer-blanc.

Benvenuto Cellini prit sa dague et braqua un pistolet damasquiné, tout en disant :

« Ah ! çà, mais tu es fou... Tu ne veux pourtant pas tuer ton père, Rudolf ! »

Mais une telle expression de haine et de volonté implacable déformait le visage de Rudolf, qu'il n'osa plus dire un mot. D'Artagnan avançait pas à pas, sans se presser. Son épée tomba, instrument inutile. Ses deux mains se crispaient comme s'il avait l'intention d'étrangler son adversaire.

Beaumesnil reculait, pas à pas, lui aussi. A son tour, il laissa tomber la dague et le pistolet de Benvenuto. La physionomie atroce de d'Artagnan, sa cape, son feutre, tout l'effarait, et il lui était impossible d'opposer la moindre résistance. Il voulut crier. Les deux mains le saisirent à la gorge. Tout de suite, il céda et fut renversé, tandis que Balthazar, acharné, redisait inlassablement :

« Assassin... assassin... tu l'as tuée... »

Il disait cela, bien qu'il entendît Coloquinte qui s'éveillait de sa torpeur, mais rien ne pouvait l'arrêter dans son œuvre de justicier, Beaumesnil lui semblait un personnage diabolique. Il ne lâcha prise qu'au moment où ce personnage diabolique se détendit, flasque tout à coup comme un pantin.

La scène n'avait pas duré une minute. S'étant relevé, il contempla les veines gonflées, les yeux révulsés, toute la face rougie, et dit à voix basse :

« Il est mort. »

La phrase terrible, il la répéta plusieurs fois, avec une frayeur croissante. Coloquinte, qui l'avait rejoint, gémit :

« Il est mort ! Est-ce possible ?... Qu'avez-vous fait, monsieur Balthazar ? »

Des secondes s'écoulèrent, d'épouvantables secondes. Une convulsion suprême agita le maillot gris perle, et ce fut l'immobilité tragique du cadavre.

« Allez-vous-en, supplia Coloquinte, on vous arrêterait...

– M'arrêter? fit-il d'une voix distraite. Pourquoi? Je t'ai défendue contre lui... contre sa violence... »

Elle fut surprise, et objecta :

« Mais non, monsieur Balthazar... il ne m'a pas touchée... Moi aussi, j'avais cru d'abord... Il menaçait... mais c'était pour l'argent... il voulait le portefeuille... »

Balthazar la regarda stupidement. Il ne comprenait pas. Il murmura :

« Tu as raison... on va m'arrêter... J'ai tué mon père et on va m'arrêter... C'est la prison... »

Elle se précipita vers lui, soudain pleine de force et de révolte.

« Oh! non, non, pas ça... A aucun prix!... Je vous sauverai, monsieur Balthazar. »

Elle l'entraîna hors de la chambre, puis dans la rue, où le chauffeur dormait toujours. Il se laissait guider comme un aveugle. Mais elle ne savait où le conduire, et sa volonté indomptable ne pouvait s'exprimer en actes de salut. Ils passèrent devant la lanterne d'un commissariat de police. Rapidement, Balthazar se dégagea et cria aux agents de garde :

« J'ai tué mon père. Venez faire les constatations.

– Qui êtes-vous? » lui demanda le brigadier, ahuri par cette vision d'un autre âge.

Il hésita. Etait-il Rudolf ou Balthazar?

Mais, dans sa détresse, il crut qu'on faisait allusion à son déguisement, et il répondit :

« Le chevalier d'Artagnan. »

On lui conseilla de filer au plus vite s'il ne voulait pas qu'on le coffrât pour port illégal de costume et pour ivrognerie.

Il erra longtemps. Jamais il n'avait été aussi malheureux. Beaumesnil, maintenant, lui apparaissait comme le plus grand des poètes, comme un homme affligé de quelques défauts, mais d'une hauteur d'âme incomparable. Et c'était lui, son fils, qui l'avait tué!

Coloquinte tâchait de le consoler, mais que dire à un homme qui a tué son père et que les remords accablent?

« J'ai tué mon père..., je suis un parricide... un parricide. »

Et il évoquait des choses redoutables : la cour d'assises, le verdict, l'échafaud.

Ils s'endormirent sur un banc. Balthazar appuyait contre l'épaule de Coloquinte sa perruque aux petits cheveux frisés. Un agent examina ce mousquetaire assoupi dans les bras de cette marchande de frivolités et s'en alla.

Aux premières blancheurs de l'aube, ils cheminaient non loin des Baraques, où ils devaient prendre quelques affaires avant que la police fût avertie du crime. Balthazar ne songeait plus à se livrer.

Ils arrivèrent. A cette heure, personne encore n'était levé. Cependant ils aperçurent, en dehors des cahutes de l'enceinte, une automobile, et en s'approchant ils distinguèrent un homme qui s'y engouffrait sans les avoir vus. Il avait un maillot et un pourpoint. Il semblait très agité. C'était Beaumesnil, dans son costume de la Renaissance.

« A Saint-Cloud, vivement », ordonna-t-il à son chauffeur.

Ils eurent d'abord cette même idée qu'ils étaient le jouet d'une hallucination, ou bien qu'un fantôme avait passé devant leurs yeux effarés. Mais le son de la voix frappait encore leurs oreilles, et Balthazar chuchota :

« Il est vivant... Je ne l'ai pas tué... Mon Dieu, mon Dieu ! voilà qu'il est vivant !... »

Il n'y eut pour ainsi dire aucune transition entre son désespoir et l'excès d'une joie subitement frénétique. Il éclata de rire, et, chose incroyable de sa part, esquissa un pas de danse, en ricanant :

« Il vit ! Plus de prison ! Plus d'échafaud ! Beaumesnil n'est pas mort ! »

Le visage soucieux de Coloquinte interrompit son délire. Il lui demanda :

« Qu'est-ce que tu as ? Tu n'es pas contente ? Voyons, réfléchis... Beaumesnil n'est pas mort... je croyais l'avoir tué... et je ne l'ai pas tué... Qu'y a-t-il donc, ma petite Coloquinte ? »

Elle articula lentement :

« M. Beaumesnil est un voleur.

– Diable ! dit-il, un voleur ? Et pourquoi ?

– Il a volé le portefeuille... l'héritage du comte de Coucy-Vendôme.

– Qu'est-ce que tu chantes là, Coloquinte ? Il connaissait donc l'existence de cet héritage ?

– J'avais été obligée de tout lui dire pour vous sauver, il y a un mois. C'est avec une partie de cet argent que nous avons pu louer un bateau, trouver des concours, acheter le chef et les soldats qui devaient vous fusiller... »

Balthazar était interloqué.

« Comment ! Mais Beaumesnil...

– M. Beaumesnil n'avait pas un sou. Et à tout prix, je voulais vous sauver. Alors, nous avons emporté le tiers de la somme, dans ma serviette de cuir.

– Et le reste ?

– Le reste, je l'avais enterré devant mon petit hangar, et c'est le secret de cette cachette que

Beaumesnil exigeait de moi, cette nuit, le pistolet au poing.

– Tu n'as pas parlé ? »

Coloquinte répondit :

« Si... j'avais peur... J'ai bredouillé quelques mots. Mais je pensais qu'il ne les avait pas entendus.

– Et tu crois ?...

– Que serait-il venu faire ici, monsieur Balthazar ? Aussitôt remis, il a sauté dans son automobile, et il a volé le portefeuille. »

Balthazar n'avait pas l'air de s'émouvoir beaucoup.

« Que veux-tu ? On le retrouvera, le portefeuille... Au fond, l'essentiel, c'est que Beaumesnil ne soit pas mort... Moi, je ne vois que ceci : je n'ai pas tué. Le reste ne compte pas... »

Ils traversèrent la cité. Le hangar se trouvait un peu à gauche des Danaïdes, contre le logis de M. Vaillant du Four. Il y avait assez de clarté pour qu'ils puissent discerner l'endroit. Tout de suite, ils se rendirent compte que le sol avait été fouillé.

« C'est là... dit Coloquinte, exactement là, que j'avais enfoui l'argent. »

Mais, un peu plus loin, la lueur d'une bougie qu'ils allumèrent leur montra un corps qui gisait. Ils reconnurent M. Vaillant du Four, la figure ensanglantée.

Balthazar se pencha. Dans une sorte de râle, M. Vaillant du Four marmotta :

« Il m'a frappé... un coup de poing...

– Qui ?

– Un homme en caleçon violet... »

XI

MANE... THECEL... PHARES...

La blessure de M. Vaillant du Four n'était pas grave. Il expliqua que, ayant perçu un bruit de pioche du côté de la remise, il s'était levé, et qu'un homme, qui creusait le sol, l'avait assailli d'un coup de poing à la mâchoire.

Balthazar et Coloquinte ne doutèrent pas que le coupable ne fût Beaumesnil, et ils décidèrent de garder le secret sur cette agression. M. Vaillant du Four fut transporté dans sa cabane, qui ne manquait ni de confort ni même de recherche. Coloquinte s'installa sur un fauteuil et veilla le blessé.

Vers midi, une voisine vint la remplacer, et ils partirent tous deux en tramway pour Saint-Cloud, selon l'adresse jetée par Beaumesnil à son chauffeur.

« Mon plan est simple, déclara Balthazar qui avait la plus grande confiance en ses moyens physiques depuis son « meurtre » de la veille. Je le saisis à la gorge et je lui annonce que M. Vaillant du Four dépose une plainte contre lui, et que, moi, je l'accuse de vol et d'escroquerie. Il rendra l'argent. »

Cette humeur combative s'accrut lorsqu'ils surent que le poète Beaumesnil possédait une villa à Saint-Cloud. On allait donc en finir aussitôt.

Pour prendre des forces, Balthazar entra dans le parc et déjeuna sur un banc avec les provisions que Coloquinte tira de sa serviette.

Puis il fuma sa pipe, et se permit une heure de sommeil. Coloquinte l'avait installé au pied d'un arbre. Il la surprit qui chassait les mouches dont il était importuné, et lui dit :

« Comme tu es bonne avec moi, ma petite Coloquinte! Qui donc t'a enseigné la bonté et le dévouement?

– Vous, monsieur Balthazar!

– Non, dit-il, j'ai plutôt prêché devant toi l'égoïsme. »

Elle murmura : « C'est tout de même vous, monsieur Balthazar.

– Ah! » fit-il en pensant déjà à autre chose.

Sur leurs têtes, des feuilles et des oiseaux remuaient. Durant deux heures, ils n'échangèrent plus une parole. A certaines minutes, lorsque le calme de l'ombre, la gaieté du soleil ou l'enchantement de la solitude leur donnaient de ces sensations plus fortes qui cherchent à s'exprimer, ils se regardaient et souriaient. Le bonheur se manifeste le plus souvent par un bien-être physique.

Ils flânèrent dans le parc, tout en descendant vers la Seine.

Balthazar affirma :

« Nos tribulations sont terminées, Coloquinte. Notre destin, avant de se fixer, a subi quelques secousses, comme une terre qui tremble avant de connaître le repos définitif. N'en parlons plus et laissons le poète Beaumesnil à ses machinations. Nous n'avons plus qu'à planter notre tente.

– Et le portefeuille ? » demanda-t-elle.

Il ne répondit pas. Cette affaire ne l'intéressait plus.

Une belle pelouse verte se déroulait devant eux comme un tapis de velours où le soleil faisait craquer des feuilles déjà mortes. Elle les conduisit au bord du fleuve, et ils attendirent sur le ponton d'un embarcadère le bateau qui les ramènerait à Paris.

« Nous n'avons plus qu'à planter notre tente, répéta Balthazar. S'il y a de mauvaises gens, il y a d'excellentes personnes. Quelle joie ce sera, le dimanche, d'aller voir nos bons amis Fridolin et Mlle Ernestine !

– Et Mlle Yolande ? dit Coloquinte.

– Je n'oublie pas qu'elle est ma fiancée. J'irai lui rendre visite ainsi qu'à M. Rondot, puisque j'ai pris un engagement à date fixe, et je leur exposerai que, si je n'ai pas la fortune réclamée, du moins, je ne suis pas embarrassé pour le choix d'un père. Coucy-Vendôme ou prince Revad, cela, me semble-t-il, peut satisfaire la famille la plus exigeante. »

Jamais aucun événement ne devait enseigner à Balthazar le sens du comique et de l'ironie. Il prononça ces paroles avec fierté, et se tourna pour constater l'effet qu'elles produisaient sur Coloquinte. Il fut très étonné de voir des larmes dans les yeux de la jeune fille.

« Qu'est-ce que tu as donc ? fit-il, tu pleures comme si tu étais malheureuse, Coloquinte.

– Je suis cependant très heureuse, dit-elle en s'efforçant de rire.

– Alors, pourquoi pleures-tu ?

– Est-ce qu'on sait ? Les larmes, ça coule tout seul.

– Tu as raison, fit Balthazar, au bout d'un moment. Moi aussi, j'ai envie de pleurer, et cependant jamais je n'ai ressenti tant de félicité ! »

Sur le pont du bateau, ils se tinrent par la main. Les passagers regardaient beaucoup Coloquinte, et Balthazar entendit l'un d'eux qui exaltait la grâce de la jeune fille et la douceur charmante de son visage. Il remercia ce passager d'un signe de tête, comme si on lui eût adressé un compliment personnel, et il pensa que Coloquinte s'accorderait certainement avec la magnifique Yolande.

Le métro les remonta jusqu'à la cité des Baraques. Ils n'étaient pas arrivés aux Danaïdes que la voisine qui gardait M. Vaillant du Four vint les chercher en toute hâte. Le malade n'allait pas bien.

Coloquinte courut à la recherche d'un docteur. Le diagnostic fut excellent. Le docteur parla de traumatisme et de troubles cardiaques sans importance.

Tout s'arrangeait.

Mais le soir, M. Vaillant du Four rappela Balthazar et Coloquinte. Cela ne s'arrangeait nullement. Le malade étouffait.

Il enjoignit à Coloquinte de lui donner un flacon, qui se trouvait au milieu des médicaments rapportés de la pharmacie, et il en vida une bonne moitié.

Balthazar prit le flacon et s'indigna : c'était du rhum.

« Je sais ce que je fais, dit M. Vaillant du Four. Ce médecin est un âne. Outre le coup à la mâchoire, j'en ai reçu un dans la poitrine qui m'a démoli. Je suis réglé. Un jour à vivre, tout au plus. Or, il faut que je te parle sérieusement, mon garçon, et j'ai la tête trop vide pour rassembler mes idées, si je n'y verse pas, au préalable, une mesure d'alcool.

– C'est de la folie !

– C'est la sagesse même. Maintenant, j'y vois clair et je pense clair. Ecoute-moi, mon garçon. »

Il s'exprimait avec l'application de l'ivrogne qui se cramponne à ses idées. Le moindre choc en eût brisé le fil ténu. Il jeta un coup d'œil autour de lui.

« Nous sommes seuls ?

– Oui, avec Coloquinte.

– Personne à la porte ?

– Personne.

– Approche-toi... Plus près...

– Monsieur Vaillant du Four, vous feriez mieux de vous reposer.

– Fiche-moi la paix, mon garçon. J'ai un secret qui me pèse sur la conscience, et, avant de mourir...

– Mais il n'est pas question de mourir.

– Si. Ecoute-moi. Tu m'entends bien ?

– Oui.

– Toi aussi, Coloquinte ?

– Oui, monsieur Vaillant du Four.

– Eh bien, voilà, Balthazar, voilà qui se résume en quatre mots. Tu m'entends bien ?

– Très bien.

– Je suis ton père, Balthazar. »

Balthazar se leva. Il était tout rouge. Un afflux de sang empourprait sa pâle figure et son vaste front.

« Ouvre le tiroir de cette table, ordonna M. Vaillant du Four.

– Pourquoi ? dit-il, exaspéré.

– Tu y trouveras la photographie de ta mère. »

Balthazar renversa la table et en brisa les pieds.

« La photographie ? Mais j'en ai plein mes poches, de photographies. Tenez, en voici une, et puis une autre, et puis celle de la Catarina, qui a été pendue, et celle de la reine, qui est folle ! Qu'est-ce que vous voulez que ça me fasse, toutes vos balivernes ?

– Ta mère s'appelait Gertrude Dufour, déclara M. Vaillant du Four, qui poursuivait son monologue. Et moi, ton père, mon véritable nom est Vaillant... »

Balthazar se contint. Il retourna près du lit et articula nettement, de manière que le moribond ne pût se dérober :

« Vous êtes la cinquième personne, monsieur, dont je serais le fils. Avant vous, il y a eu...

– Gourneuve, l'assassin; et puis le comte de Coucy... oui, je les connais tous... dit M. Vaillant du Four. Mais c'est par moi qu'ils t'ont retrouvé... C'est moi qui les ai prévenus que tu portais au cou la marque des trois... »

Il n'acheva pas. Balthazar lui avait plaqué la main sur la bouche. L'idée que ces trois lettres mystérieuses allaient être prononcées une fois de plus le mettait hors de lui, et il fallait que Coloquinte l'apaisât et le suppliât de garder le silence. Il se rassit donc.

M. Vaillant du Four en profita pour avaler encore une mesure de rhum et, aussitôt ragaillardi, expliqua, tandis que Balthazar serrait les poings :

« Un an après ta naissance, nous habitions, ta mère et moi, une auberge isolée sur les bords de la Saône, au lieu-dit le Val Rouge. Nos affaires ne marchant pas, Gertrude, qui était une créature du Bon Dieu, audacieuse, infatigable et jamais à court de bonnes idées, fit passer une annonce dans un journal de Paris, disant que la pouponnière du Val Rouge recevait des nourrissons de dix à quinze mois et qu'ils s'y trouvaient élevés dans des conditions parfaites d'hygiène. L'annonce réussit. En quelques semaines, quatre nourrissons nous furent apportés par des parents ou par des intermédiaires qui cherchaient évidemment à se débarrasser d'eux.

« Profitant de la situation, je fus intraitable. J'acceptais les enfants et je promettais la discrétion, mais à la condition qu'on me révélât le nom des parents et le prénom des gosses, et qu'on s'engageât par écrit à me verser une somme annuelle qui variait selon les cas. La rente cessant, le Val Rouge n'aurait plus aucune responsabilité.

« C'est ainsi que le sieur Gourneuve m'abandonna Gustave, et que la famille de Coucy-Vendôme me remit le petit Godefroi. Mustapha me fut confié par un pacha, et Rudolf par un prince allemand.

« Dès lors, ce fut l'aisance. Les quatre marmots, qui étaient à peu près de ton âge, prospéraient et s'amusaient avec toi. Gertrude, ton excellente mère, était heureuse. J'eus bientôt assez d'argent pour courir les départements voisins et placer du petit vin de Bourgogne.

« D'un coup, tout cela fut anéanti. Il y eut des inondations. Un jour que je rentrais de voyage, j'appris qu'une crue subite de la Saône avait ravagé la maison et enlevé ta mère et tes quatre camarades. C'était le désespoir et c'était la ruine.

A la longue, je surmontai mon désespoir, mais je ne pus me résoudre à la ruine.

« Balthazar, c'est ici que j'entrai dans la mauvaise route, où, depuis, j'ai persévéré énergiquement. Je n'avertis aucune des quatre personnes qui m'avaient confié les enfants, du malheur qui les frappait. Je quittai la région et j'allai m'établir avec toi à l'autre bout de la France, en pays basque.

« De cet endroit, six mois plus tard, j'écrivis au sieur Gourneuve que, pour dépister toutes les recherches, je croyais devoir désigner son Gustave sous le nom de Balthazar, et que cet enfant porterait comme signe d'identité, les trois lettres M. T. P. (c'étaient là les trois lettres dont t'avait marqué, en mon absence, un matelot basque qui était quelque peu gris). J'envoyai la même missive à mes trois autres correspondants, et, de la sorte, je continuai de recevoir, au nom du seul Balthazar, les quatre pensions qui m'étaient versées pour les quatre petits défunts.

« Je le reconnais, c'était du vol. Mais, n'est-ce pas ? il fallait bien vivre, et l'on vivait largement, et tout allait à merveille, lorsque, deux ans plus tard, comme je t'avais emmené dans une tournée d'affaires, il advint que tu t'égaras dans la foule un jour de foire. Je me mis en quête et j'appris que tu avais suivi un rétameur et repasseur de couteaux. Tu l'avais suivi parce que tu étais un gosse plein de cœur, et que tu t'attachais au premier type qui passait. Et puis, voilà qu'au bout d'une heure, fatigué, tu t'étais endormi sur le rebord de la route. Qu'était-il advenu de toi après ton réveil ? Quelle série de circonstances t'avaient conduit plus loin ? Impossible de le savoir et impossible de te retrouver... »

La voix de M. Vaillant du Four s'affaiblissait et

ses paroles devenaient hésitantes. Il réussit à glisser la main jusqu'au flacon de rhum et à le porter vers la bouche.

Balthazar l'observait avec angoisse. Pour la première fois, il voyait réellement ce maigre visage à barbe vénérable, dont les yeux s'enflammaient par la poussée de l'alcool. L'expression, vile et bestiale, était celle du bon ivrogne satisfait. Balthazar se rappela les mots obsédants que le personnage ressassait à tout bout de champ : « Je ne suis qu'une fripouille, une vieille fripouille », et il se disait qu'il y avait tout lieu de croire que cette vieille fripouille était son père.

Il prescrivit durement :

« Achevez. »

M. Vaillant du Four obéit, et, avec une difficulté croissante, malgré la nouvelle mesure de rhum, il reprit :

« Il se passa plus de vingt ans. J'avais échoué ici, je ne sais comment. C'était commode pour quelqu'un qui n'a pas de métier. J'avais dû abandonner la représentation du petit vin de Bourgogne, dont je buvais plus que je n'en vendais. Ainsi, pas de loyer, ou presque, et tout l'argent filait au café. Et puis, voilà-t-il pas qu'un jour j'entends prononcer ton nom, dans la rue... quelqu'un qui t'appelait... Balthazar, ce n'est pas le nom de tout le monde. Je te suis, je te surveille. On fait connaissance. Je m'arrange pour voir les trois lettres. C'était bien toi, le fils de Gertrude, ma pauvre défunte.

« Après, tu te rappelles ?... je t'ai procuré les Danaïdes. Et c'est comme ça qu'on a vécu l'un à côté de l'autre. J'espérais d'abord que je remonterais à la surface et que je pourrais te dire la vérité. Trop tard. La bouteille, ça vous tient un homme. Et puis, tu m'intimidais... Tu es un type honnête. Jamais tu ne m'aurais permis de toucher les pensions. Alors, non, je n'ai rien dit. Et j'ai dégringolé encore davantage... et je suis devenu cette vieille fripouille de M. Vaillant du Four. »

Il voulut saisir le flacon de rhum. Il n'en eut pas la force. Sa main tremblait. Anxieux de terminer sa confession, il continua donc, la voix de plus en plus embarrassée :

« Quand je pouvais réfléchir, c'est-à-dire entre deux vins, ni trop gris, ni pas assez, j'avais une peur, c'était de mourir sans t'avoir servi à quelque chose... sans te faire profiter de la situation... Si j'avais été une fripouille, au moins fallait-il que ça te serve... Et puisque je ne pouvais pas dire que j'étais ton père, je voulais tout de même que tu aies un père... Pourquoi ? Les raisons s'embrouillaient un peu dans ma tête. A la fin, j'écrivis aux quatre personnes quatre lettres, pour après mon décès, en remplaçant le prince allemand par Beaumesnil. Je leur disais où tu étais, ce que tu faisais.

« Et même, un jour, sans que tu comprennes, j'avais pris l'empreinte de ton pouce... et dans chacune des enveloppes j'en ai mis le dessin... De sorte que... tu saisis ?... pas d'erreur possible... un des quatre te prenait pour son fils... te reconnaissait... Et puis... je ne sais pas trop ce qui s'est passé... les lettres ont disparu. C'est peut-être moi qui les ai mises à la poste... Je ne sais pas... je ne sais rien...

« Toujours est-il que chacune des quatre personnes a été avertie qu'elle avait un fils, le même... C'était Balthazar... Mais c'était aussi

Godefroi... ou Rudolf... Gourneuve est venu... D'autres aussi, je crois... des gens du pacha... l'agence X... Beaumesnil... Tout ça se croisait... se battait... une mêlée à ne plus s'y reconnaître... la bouteille à l'encre, quoi ! »

M. Vaillant du Four eut un petit ricanement. Sans aucun doute, en ces derniers mois, le vieil ivrogne avait dû se divertir d'un état de choses dont il sentait obscurément le côté burlesque. Ces quatre pères lâchés à la fois sur le même fils, cela ne manquait pas de drôlerie, surtout pour le cinquième père, le père véritable qui assistait à l'inénarrable bataille.

Une gorgée de rhum qu'il réussit à capter redoubla cette bonne humeur passagère, et, dans un rire affreux, M. Vaillant du Four bégaya :

« L'empreinte ?... l'empreinte y est bien ? qu'on me demandait... et les trois lettres ? Ah ! les trois lettres que ce bon type de poivrot t'avait marquées, pour la rigolade... Tu te rappelles ce que je t'ai dit ? le matelot basque ?... un farceur de la belle espèce, une vraie fripouille, lui aussi... Comme je me fâchais au retour, en te voyant dans les convulsions, il se tordait de rire :

« – Voyons, mon vieux, il s'appelle Balthazar,
« ton gosse, comme le type qui donnait des fes-
« tins ? Alors quoi ? je pouvais pourtant pas lui
« mettre *Mané, Thécel, Pharès,* tout au long, au
« pauvre môme ? Alors j'ai mis que les trois pre-
« mières lettres... M. T. P. Comme ça, il a sa mar-
« que de fabrique. Ai-je pas eu raison ? »

« Dame, oui, il avait eu raison, le poivrot ! M. T. P., c'était la marque de fabrique de Balthazar. Gourneuve en a fait le nom de ses MasTroPieds, et le pacha a pris, pour ralliement, le signe de MusTaPha... M. T. P... Toujours M. T. P... »

Il bredouillait d'une façon à peine intelligible. Rien de plus hideux que l'alliance du rire et de la mort. Le rire du vieil ivrogne s'accompagnait d'un claquement de dents abominable. Balthazar et Coloquinte écoutaient avec épouvante.

Vers minuit, M. Vaillant du Four se tut. L'agonie commençait, silencieuse.

Balthazar s'endormit, secoué de rêves horribles.

Réveillé par Coloquinte, au petit jour, il vit le moribond à moitié dressé sur son lit, et qui le regardait d'un air effrayant. Il s'approcha. M. Vaillant du Four, dans un dernier effort où il semblait parler comme s'il n'était plus vivant, chuchota :

« Adieu... adieu... c'est fini... Pourtant, il faut encore que tu saches. Il y a des fois où je ne suis pas certain... non, pas tout à fait certain que tu sois vraiment Balthazar... Je buvais déjà à l'époque... Les autres gosses et toi, je ne vous reconnaissais pas... Alors tu es peut-être Balthazar, mais peut-être aussi Rudolf... ou bien Godefroi... ou bien... je ne sais pas... »

Une demi-heure après, M. Vaillant du Four dit encore :

« Sous mon oreiller... il y a quatre paquets de lettres... la correspondance avec les quatre personnes... Et il y a des billets de banque... pour toi... pour toi... ça t'appartient. »

Ce fut tout.

A neuf heures, la voisine vint prendre la garde. Balthazar rentra aux Danaïdes; Coloquinte lui apporta son déjeuner, et de l'eau chaude pour qu'il se lavât.

Restauré et reposé, il s'exprima en ces termes :

« Que t'avais-je dit, Coloquinte? Tout s'expliquerait de la façon la plus naturelle. Un petit tourbillon de péripéties incohérentes, pas davantage... On se croit élu par le destin pour être le héros d'aventures extraordinaires, et l'on est quoi? le lamentable fantoche d'un roman policier, confectionné avec les trucs les plus usés, par un bâcleur de feuilletons. »

Il réfléchit, et répéta d'un ton mélancolique :

« Hein! je te l'avais dit! Seulement, au lieu d'un feuilletoniste, c'était un vieil ivrogne qui tirait les ficelles et qui les agitait, et les embrouillait au hasard de ses ivresses. Tandis que j'offrais mon cœur à tout le monde, que je m'éprenais d'une demi-douzaine de pères et de mères, que je me laissais torturer et fusiller, dans la coulisse l'ivrogne se divertissait. Tout cela n'est pas bien gai, ma pauvre Coloquinte. La mort de M. Vaillant du Four, le cabotinage de Beaumesnil, la Catarina, le pacha, Gourneuve, que de souvenirs! »

Il découvrit d'un coup d'œil ce qu'il appelait le tourbillon des péripéties incohérentes, et le spectacle l'en impressionnait.

« La somnambule avait raison, Coloquinte, disait-il en ricanant. Un père sans tête, voilà ce qu'elle m'annonçait. Et la série des bonshommes a passé tout entière. Je peux choisir dans le tas. Car, enfin, Coloquinte, crois-tu que Beaumesnil le fou, Beaumesnil le poète voleur, crois-tu qu'il ait sa tête à lui? Et cet ivrogne de Vaillant du Four, n'avait-il pas perdu la tête, lui aussi? »

Coloquinte fut désespérée de le voir assailli par de si funèbres visions. Ne sachant que faire pour les dissiper, elle crut qu'une caresse ne lui serait peut-être pas désagréable. Elle l'enveloppa donc de ses deux bras, et lui baisa la bouche longuement.

XII

« REGARDE D'ABORD AUPRÈS DE TOI »

BALTHAZAR fut extrêmement sensible au procédé de Coloquinte. Il n'en sut rien, d'ailleurs. Quoiqu'il y pensât beaucoup durant les jours qui suivirent, il ignorait d'où lui venaient, au milieu de circonstances aussi pénibles, tant de satisfaction profonde et d'allégresse soudaine. Il accompagna M. Vaillant du Four à sa dernière demeure, sans plus de peine que si le défunt n'avait pas été un de ceux qui se disputaient son cœur. La tête en l'air, il admirait la forme des nuages ou les balcons fleuris de capucines, et laissait à Fridolin, qui marchait près de lui, le soin de verser des larmes.

Une semaine délicieuse s'écoula. Coloquinte ne venait arranger les Danaïdes qu'aux heures où elle ne risquait pas de rencontrer Balthazar, mais celui-ci se passait fort bien de sa présence. Libre, insouciant, il s'en allait et trouvait, sur les fortifications ou dans le bois de Boulogne, mille façons de goûter la vie. L'air avait une saveur spéciale, l'ombre et le soleil des qualités particulières.

« Tu n'imagines pas, Coloquinte (il continuait ses discours à la jeune fille), combien le temps me semble rapide. Je ne m'intéresse à rien, et pourtant je sais que pas une seule minute de mes journées n'est perdue. Ah! la philosophie quotidienne ne m'a jamais donné une telle impression de plénitude, et je te conseille de t'affranchir peu à peu d'une doctrine dont la rigueur a ses dangers. »

Une lettre de Yolande Rondot mit fin à cette période de nonchalance agréable.

« Je n'ai jamais douté de vous, mon Balthazar. Mais les termes par lesquels vous m'annoncez votre victoire rehaussent encore le niveau de mes rêves. La vie sera belle pour les orgueilleux amants que nous sommes... »

Balthazar avisa officiellement M. Rondot qu'il se présenterait le mercredi suivant, à quatre heures du soir. Et, le matin de ce mercredi, il alla prévenir Coloquinte de sa décision.

Dans le petit préau qui bordait le hangar, elle passait à l'encaustique la caisse qui lui servait de commode. Elle écouta la communication de Balthazar et continua son travail, mais la brosse lui tomba des mains, et ses genoux fléchirent jusqu'à toucher le sol. Accroupie, elle montrait ses bas de coton noir reprisés et de pauvres chaussures vingt fois ressemelées.

Balthazar se promenait, le dos pensif. Il lui dit :

« Tu sais que M. Vaillant du Four m'a légué des billets de banque. J'en ai trouvé dix. Dix mille francs!

– Quelle chance! déclara Coloquinte qui s'acharnait après sa caisse. M. Rondot ne pourra plus prétendre que vous êtes un coureur de dot.

— N'est-ce pas? En outre, j'ai lu cinq paquets de documents provenant de M. Vaillant du Four ou des personnes qui lui avaient confié leur enfant. Ils sont irréfutables. A tel point irréfutables qu'il est impossible de découvrir la vérité et de savoir, les preuves étant égales, de qui je suis le fils; mais qu'il est impossible, d'autre part, de me refuser le nom que j'aurai choisi parmi les cinq auxquels j'ai droit. Je m'appellerai donc comme je voudrai.

— C'est embarrassant, monsieur Balthazar.

— Très facile. Beaumesnil et Gourneuve?... Des assassins, tous les deux... Je les élimine. M. Vaillant du Four?... N'en parlons pas. Entre Revad pacha et le comte de Coucy-Vendôme, puis-je hésiter, alors que la procédure est déjà engagée par le notaire du défunt comte, et que l'on n'attend plus que ma signature? »

Coloquinte s'était redressée. Elle lui dit bien en face :

« Et Mlle Ernestine?

— Mlle Ernestine? La dignité de sa vie, ses relations ecclésiastiques et mondaines, dit gravement Balthazar, assurent à Mlle Ernestine le meilleur accueil auprès de n'importe qui.

— Je crois qu'elle préférera se tenir à l'écart et que son nom ne soit pas prononcé. »

Balthazar s'enflamma :

« Je ne la renierai pas, ni mes amis Fridolin! Si Yolande ne s'accommode pas de ma famille, tant pis pour elle! Je n'ai besoin de personne, moi, tu entends, de personne. Notre vie actuelle, aux Danaïdes, suffit à tous mes désirs. Que veux-tu de plus?

— Oh! rien, dit-elle.

— Mais Yolande ne fera pas d'objections, affirma-t-il, en se calmant. Je la connais. C'est une noble créature.

– Qu'elle vous rende heureux, monsieur Balthazar, fit Coloquinte, en baissant la voix, et qu'elle vous consacre son temps et toutes ses pensées, comme si elle n'avait pas d'autre raison de vivre, voilà tout ce que je demande. »

L'après-midi, Coloquinte vint aux Danaïdes, avant qu'il partît. Elle voulait donner un dernier coup d'œil à la toilette de Balthazar. En outre, elle lui apportait un deuxième gant couleur paille trouvé chez un revendeur. Ce gant était de la même main que le premier, mais cela ne se verrait pas, et les convenances seraient sauves.

Elle l'inspecta des pieds à la tête. Elle le fit changer de mouchoir. Elle renoua sa cravate blanche.

« Accompagne-moi jusqu'au jardin des Batignolles », dit-il.

Elle y consentit et prit la lourde serviette. Il avait son chapeau haut de forme et sa redingote noire. Pas une tache. A la rigueur, le pantalon pouvait se targuer d'avoir, au moins d'un côté, le pli réglementaire.

Balthazar se montra loquace. Il bombait le torse, et ses yeux semblaient dédaigner tout autre spectacle que celui du ciel bleu et des petits nuages blancs qui s'y promenaient.

« Je suis content de la résolution prise, dit-il. J'ai toujours senti un vif attrait pour les Coucy-Vendôme. Il faut avoir un nom dans la vie, Coloquinte. C'est un brevet d'honorabilité, et cela vous donne du poids et de l'équilibre. Alors, n'est-ce pas ? autant que ce nom retentisse avec quelque sonorité et vous rattache à des souvenirs glorieux. Or, toute l'histoire de France... »

Coloquinte demeurait silencieuse, ce qui finit par le gêner, à la longue, et, la solennité des circonstances le surexcitant, il se demanda, pour la première fois, ce que pouvait penser la jeune fille. Son âme lui paraissait tout à coup secrète et obscure. Il remarqua soudain, avec surprise, qu'elle n'avait plus ses boucles blondes et que, de nouveau, deux nattes tressées dur pointaient sans coquetterie, à droite et à gauche de son visage. Elle lui parut jolie, d'ailleurs, et il rougit en regardant ses lèvres. Il vit qu'elle rougissait également.

« Mon dieu! dit-il, comme tu es changée, Coloquinte! Pour moi, ton visage d'aujourd'hui et celui d'autrefois ne concordent plus. »

Elle n'avait pas changé, mais nous sommes toujours prêts, lorsque la vie nous a modifiés, à voir chez les autres les effets de notre transformation.

A l'entrée du square des Batignolles, l'heure du rendez-vous lui laissant quelques minutes de répit, il s'assit.

Coloquinte tira de sa serviette un gâteau feuilleté qu'il aimait, et cette attention lui rappela combien elle était délicate et serviable.

« Je suis sûr, dit-il, que Yolande aura pour toi une grande sympathie, et que vous vous entendrez à merveille. »

Cette perspective lui était agréable. Comme ils traversaient le jardin, il eut un accès de lyrisme et dénombra toutes les joies auxquelles ils participeraient l'un et l'autre. Il y aurait ceci, et puis cela, et cela encore... On eût dit que Coloquinte devait même participer à l'orgueil de porter un nom aussi retentissant que celui de Coucy-Vendôme.

« Ce sont deux familles illustres, Coloquinte, deux courants de haute noblesse qui se sont rejoints pour former un fleuve qui... »

Balthazar n'acheva pas cette phrase mal commencée et laborieuse. D'ailleurs, Coloquinte ne le soutenait pas de son approbation, comme d'ordinaire.

« Qu'est-ce que tu as donc, aujourd'hui ?

– Rien, je vous assure. »

Il en fut blessé et dit :

« Tu as quelques chose... Le son de ta voix n'est plus le même... On croirait que tu pleures... Mais, oui, voilà que tu pleures, comme l'autre jour... »

Ils s'étaient arrêtés à quelque distance de la sortie, et ils demeuraient immobiles, plantés l'un devant l'autre, lui la regardant avec surprise, elle baissant la tête et tâchant de rentrer ses larmes.

« Qu'est-ce que tu as ? répéta-t-il, confondu. Il n'y a aucune raison pour que tu pleures.

– Aucune, monsieur Balthazar.

– N'est-ce pas ? Nous parlons d'un événement heureux, de mon mariage, de Yolande. Par conséquent... »

Il s'interrompit. Les paroles qu'il prononçait lui semblaient contraires à une vérité confuse qui palpitait au fond de lui. Il se souvenait que, dans le parc de Saint-Cloud, c'était précisément de Yolande qu'ils s'entretenaient lorsque la jeune fille avait pleuré.

« Voyons, ma petite Coloquinte, tu sais pourtant que ma décision ne touche en rien nos rapports, et que notre vie continuera comme avant. Tu m'as donné trop de preuves de dévouement pour que j'admette jamais... »

Elle murmura :

« Ce n'est pas cela... je vous jure...

– N'est-ce pas ? dit-il, car, je te le répète, là-dessus, je serai intransigeant, et je suis certain que Yolande comprendra... j'en suis certain... elle comprendra que si elle m'obligeait à choisir... »

Coloquinte l'implora d'un geste :

« Je vous en supplie, monsieur Balthazar, ne parlez pas de ce qui ne peut pas arriver. Vous avez promis à Mlle Yolande de lui consacrer tous vos efforts, et vous avez déjà pour elle accompli de si belles choses !

– Pour elle ! s'écria-t-il, presque indigné. Mais tu es folle. Elle n'a pas été la cause d'un seul de mes actes.

– N'importe, monsieur Balthazar, votre mariage amènera, que vous le vouliez ou non, des changements...

– Tu es folle ! tu es folle ! répéta-t-il. Alors, tu t'imagines que je me ferais le complice, à ton égard... que je consentirais... Mais, réfléchis, Coloquinte, entre nous, il y a un ensemble de liens, de souvenirs...

– Entre nous, monsieur Balthazar, il y a la vie.

– Justement, Coloquinte, il y a la vie qui nous rapproche.

– Qui nous sépare, au contraire.

– Tais-toi, tais-toi. »

Des idées inconcevables l'assaillaient. Il pensait à des choses inouïes. Il discernait, dans les ténèbres où elle restait toujours cachée, une Coloquinte inconnue, et il se voyait lui-même tout différent de ce qu'il était en face d'elle, jusqu'ici.

Elle leva ses yeux humides. Il trembla sur ses jambes et, apercevant tout à coup un spectacle qui ne l'avait jamais frappé, il lui ôta doucement des bras, avec une pitié infinie, la trop lourde serviette qui déformait la taille de la jeune fille.

Elle ne résista pas. Elle n'avait plus de forces. Ses lèvres épelaient des mots inachevés.

« Mon Dieu ! répéta-t-il, comme tu es changée ! Tes yeux, ta bouche, ne sont plus les mêmes... Oui... tu as raison... Yolande n'accepterait pas... et comme je ne veux à aucun prix te sacrifier... »

Ils ne remuaient point, et leurs regards ne pouvaient se désunir. Les passants observaient ce couple éperdu qui barrait le milieu de l'allée. Sur un banc voisin, un ecclésiastique plongeait dans son bréviaire. Des jardiniers qui bêchaient une plate-bande suspendirent leur ouvrage. Personne ne souriait cependant, car ils avaient tous les deux un air à la fois farouche et intimidé.

Ce fut un enfant, avec son cerceau, qui les détacha l'un de l'autre. Coloquinte rougit comme si elle était vue, brusquement en pleine lumière, par des gens dont les yeux l'embarrassaient. Elle tendit les bras pour reprendre la lourde serviette dont elle ne s'était jamais séparée. Il refusa. Jamais plus elle ne porterait le fardeau.

Alors elle fit quelques pas en arrière. Il voulut l'appeler. Mais ils s'étaient dit, sans parler, tout ce qu'ils avaient à se dire. Il ne la retint plus. Elle s'éloigna lentement.

Balthazar la suivit des yeux, tandis qu'elle cheminait comme quelqu'un qui ne sait pas où il va. Des massifs d'arbustes la cachèrent. Elle reparut plus loin, puis on ne la vit plus. Aussitôt, il se sentit incapable de rester debout, et il marcha, en vacillant, avec cette impression qu'il n'y avait plus de lumière autour de lui, et avec la peur de ne pouvoir atteindre le banc où l'ecclésiastique était assis. Il se laissa tomber, en une attitude si accablée que le prêtre lui dit, d'une voix pleine de sollicitude :

« Qu'avez-vous, mon enfant ? Vous souffrez ?
— Non... non... je ne souffre pas, murmura-t-il. Seulement, ce qui m'arrive est si extraordinaire !... »

De fait, il gardait une mine ahurie. Voilà que roulait encore le tourbillon des événements inexplicables, et, sans trop savoir ce qu'il disait, il demanda à ce brave voisin qui s'intéressait à lui et qui peut-être pourrait l'assister :

« Croyez-vous que je doive courir après elle ?
— Après cette personne qui est partie ?
— Oui.
— C'est votre sœur ?
— Non, une amie.
— Vous êtes fâché contre cette amie ?
— Non... au contraire... Seulement, je suis fiancé.
— Avec elle ?
— Non, avec une autre.
— Pour laquelle vous nourrissez des sentiments d'affection ?
— Je la connais à peine, affirma Balthazar, en reniant Mlle Rondot.
— Ah ! »

L'ecclésiastique avait pris une position de confesseur qui écoute, le menton sur le poing et le coude sur le genou. Sa figure, assez vulgaire et dénuée d'intelligence, offrait, dans ce cadre de cheveux blancs, d'énormes joues violettes et de lourdes paupières à demi rabattues sur de petits yeux qui cherchaient à comprendre. C'était malaisé.

« Et votre famille, que vous conseille-t-elle ?
— Je n'ai pas de famille, dit Balthazar qui pensait à autre chose et répondait à l'aventure.
— Pas de famille ? Pas de père ?

— Je n'ai pas de père... Ou plutôt oui, il y en a qui m'ont réclamé. Mais le premier a tué le second, et le quatrième a tué le dernier. Quant au troisième... »

On eût dit qu'il proposait une charade. L'ecclésiastique estima que ce jeune homme avait la tête un peu fêlée, et renonça à le suivre. Mais Balthazar continuait comme si cela lui faisait du bien de parler :

« Ce sont des histoires sans importance. Cela m'est tout à fait indifférent d'avoir ou de ne pas avoir un père et une famille. Rien ne compte que ce qui s'est passé tout à l'heure avec Coloquinte.

— Coloquinte ?

— Oui, la jeune fille...

— Ce n'est pas un nom chrétien.

— C'est le nom de Coloquinte.

— De celle que vous aimez ? »

Il fut stupéfait de l'expression employée par le prêtre. Comment celui-ci avait-il deviné, sans le connaître, et sans rien connaître de la situation, ce que lui-même ne faisait qu'entrevoir.

« Vous croyez vraiment que je l'aime, monsieur l'abbé ?

— Il me semble, du moins... »

Balthazar hocha la tête.

« Oui... oui... vous avez raison. Je n'étais pas bien sûr. C'est tellement extraordinaire ! Mais en effet, vous avez raison... »

Il réfléchit encore. Il ne s'habituait pas à cette vérité prodigieuse, dont les preuves affluaient et l'envahissaient peu à peu, mais il ne pouvait protester, et, prenant le bras de son voisin, il lui dit d'une voix de confidence :

« Vous n'imaginez pas ce que c'est que Coloquinte, monsieur l'abbé. Moi-même je l'ignorais, et puis, voilà tout à coup que je l'aperçois telle qu'elle est, honnête, douce, dévouée, intelligente, et si jolie ! mais jolie ! mais jolie comme on n'en rencontre pas beaucoup, plus jolie que vous ne le croyez. Seulement, ce qui me confond, c'est que nous vivions l'un près de l'autre, et que je n'ai rien vu de tout cela, ni sa beauté, ni sa grâce, ni sa tendresse. Elle se serait fait tuer pour moi, et je ne le savais pas. J'étais aveugle et sourd.

« Tenez, monsieur l'abbé, dans un pays perdu, de l'autre côté de l'Italie, le soir d'un jour où ma mère, qu'on a pendue depuis, nous avait fait fusiller, mon père et moi (le prêtre l'observa du coin de l'œil) Coloquinte m'a embrassé les jambes, et sanglotait parce que je souffrais, et je n'ai pas compris. Et l'autre jour, elle m'a embrassé sur la bouche parce que j'étais triste, et je n'ai pas compris. Je n'ai pas compris pourquoi elle me donnait ce baiser, et pourquoi, après l'avoir reçu, ma tristesse s'en allait.

« Ah ! monsieur l'abbé, c'est cela qui est inconcevable. Depuis mon enfance, je cherche quelqu'un qui veuille bien m'aimer. Je cours après l'affection comme un chien après son maître – et ce dont j'avais besoin, comme on a besoin de manger et de respirer, était à côté de moi ! L'amour, le bonheur, cela vivait dans le petit coin du monde où j'habite. Cela avait un visage, des yeux qui me regardaient et que je ne voyais pas. »

Il serrait à lui faire mal le bras du curé. Celui-ci

écoutait gravement la déclaration d'amour que Balthazar adressait à Coloquinte, et, dans un moment de silence, il formula :

« Bien entendu, vous allez l'épouser, mon enfant ? »

Balthazar ne parut pas l'entendre. Il reprenait pensivement :

« Monsieur l'abbé, je professais comme théorie qu'il n'y a pas d'aventures, et que le mot aventure est une façon de désigner les incidents de la vie quotidienne et de leur donner des proportions qu'ils n'ont pas. J'avais raison... et j'avais tort aussi. Il y a des aventures, ou plutôt il n'y en a qu'une, qui est l'aventure d'amour. Vous êtes de mon avis, n'est-ce pas, monsieur l'abbé ? Le cœur est un grand aventurier, et c'est le seul. J'ai subi les pires épreuves depuis quelques mois, j'ai connu la torture, la mort, la trahison, l'ignominie. Ce n'était vraiment, je l'affirme encore aujourd'hui, que les faits divers d'une vie où il ne se passait pas grand-chose.

« Mais aujourd'hui, monsieur l'abbé, tout ce qu'il peut y avoir d'aventures dans la vie d'un homme m'agite et me bouleverse. A la seule pensée que Coloquinte pourrait ne plus m'aimer ou m'être infidèle, je sens que je suis capable d'accomplir à mon tour toutes ces choses horribles dont j'ai été la victime : que je suis capable de tuer, oui de tuer, puisque l'autre jour, avant de savoir que j'aimais, j'ai voulu tuer un homme qui avait osé la prendre dans ses bras... »

Il s'interrompit une seconde, et dit gravement :

« Mais je sens aussi que rien ne se passera, parce que Coloquinte ne me fera jamais souffrir.

– Jamais, affirma l'ecclésiastique, d'un ton

convaincu. Le mariage accorde aux époux des vertus particulières, une grâce spéciale... »

Cette insistance finit par frapper Balthazar. Il hocha de nouveau la tête.

« Est-ce bien la peine que l'on s'épouse ? Coloquinte et moi, nous sommes deux enfants trouvés. A cause de cela, nous vivons un peu en dehors de la société. A quoi bon lui demander un appui qu'elle ne nous a pas accordé jusqu'ici ?

– Ce n'est pas tant un devoir social que j'invoque, dit le prêtre.

– Alors, quel devoir ?

– Votre devoir envers Dieu, mon enfant.

– Monsieur l'abbé, je ne voudrais pas vous blesser dans vos convictions, mais je vous avoue...

– Que vous êtes loin de Dieu ?

– Très loin.

– C'est-à-dire que vous ne croyez pas en lui ?

– Si... si... Par exemple, quand on m'a fusillé, j'ai prié Dieu.

– Mais les autres jours de la vie ?... »

Il ne répondit pas. Le prêtre sourit.

« Bien des gens se figurent qu'ils ne croient pas en Dieu, et ils y croient plus que d'autres qui sont des fidèles. Vous êtes de ceux qui ont la foi, mon enfant.

– Vous en êtes sûr, monsieur l'abbé ?

– J'en suis sûr, puisque vous croyez aux bienfaits de l'ordre, à la nécessité de la règle, de la discipline, de la méthode, de la logique, de la ligne droite, n'est-ce pas ?

– Oui, monsieur l'abbé, j'y crois de tout mon cœur.

– Dieu, c'est cela, mon enfant. Tous ceux qui

s'inclinent devant de telles lois, s'inclinent en réalité devant lui. Je n'ai jamais lu là-dedans (il frappait son bréviaire) autre chose qu'un appel fervent à cette doctrine. C'est toute la religion divine, et c'est sur quoi la société est bâtie. Epousez Mlle Coloquinte, mon cher enfant, et vous serez d'accord avec la loi de Dieu, qui est celle des hommes également. »

L'ccclésiastique se leva. Il avait terminé son petit sermon et dit les choses qu'il avait l'habitude de dire, et auxquelles, sans doute, il ne songeait pas beaucoup. Il salua poliment Balthazar et s'en alla, d'un pas mesuré. Ses talons soulevaient le bas de sa soutane, qui était poussiéreuse et luisante.

Balthazar l'oublia aussitôt et ne prolongea pas un seul instant en lui-même, l'entretien où il s'était confessé si ardemment. Il demeura quelques minutes dans une sorte d'engourdissement où passaient et repassaient diverses images de Coloquinte, toutes gracieuses et séduisantes.

Puis il se leva et s'éloigna dans une autre direction. La rue des Batignolles le conduisit sur les boulevards extérieurs, qu'il délaissa, pour aller vers le centre de Paris.

Il acheta un petit pain et s'installa à la terrasse d'un café où il attendit la fin du jour, en tournant un chalumeau dans son verre de grenadine. Pas une seule de ses pensées les plus inconsistantes qui ne fût une pensée d'amour. Son bonheur était si grand qu'il retardait le moment de voir Coloquinte et qu'il lui suffisait d'adresser à la jeune fille de petits discours inachevés où s'épanchait son âme heureuse.

« C'est étrange comme tu te mêles peu à peu à mes souvenirs et comme tu envahis mon existence ! Je sais maintenant que si j'ai préféré mourir plutôt que d'épouser la charmante Hadidgé, c'est à cause de toi, Coloquinte. Je sais que je n'ai jamais aimé Yolande; que, même loin de toi, c'est sous tes yeux que j'agissais et d'accord avec toi que je pensais. Et, ainsi en remontant dans ma vie, je m'aperçois que tu étais le principe et la raison de tous mes actes. La première fois où je t'ai vue aux Danaïdes, toute petite fille, tu m'as pris le cœur, Coloquinte. Tu n'étais qu'une enfant, et cependant... »

A la nuit, il se remit en route et gagna la cité des Baraques. Il trouva sa boîte d'allumettes et ses affaires bien rangées. Coloquinte était venue aux Danaïdes.

Il s'assit devant la porte et alluma sa pipe. Il n'y avait point de lune, mais un clair d'étoiles qui était comme la lueur même de l'ombre.

Une silhouette passa. Puis la barrière de l'enclos fut poussée, et il aperçut la jeune fille qui entrait, portant à la main et sur ses épaules des objets qu'il ne reconnut point d'abord.

Elle ne vint pas vers lui. Elle longea la palissade et s'arrêta devant les deux arbres sans feuilles. Là, elle déposa un objet qui devait être une valise, et un autre qui était la serviette de cuir. Ensuite il discerna que Coloquinte accrochait un hamac au tronc des deux arbres. Lorsque tout fut prêt, elle s'y étendit et ne bougea plus.

Balthazar pensa dès lors que son destin était fixé. Coloquinte avait apporté aux Danaïdes son mobilier et son trousseau.

Dix pas les séparaient l'un de l'autre. Son cœur battait violemment, et il se disait que le cœur de Coloquinte devait battre sur le même rythme que le sien.

Frémissant d'émotion, il s'approcha. La main de la jeune fille pendait hors du hamac, et il fut sur le point de la saisir et de la couvrir de baisers ainsi que son bras qui était nu. Mais il ne le fit point. Il avait entendu le bruit de sa respiration et compris qu'elle dormait sous la protection de son bien-aimé.

Alors il se mit à genoux et demeura silencieux, la tête levée vers le hamac immobile, et vers les étoiles qui palpitaient dans l'espace. Il reconnaissait la forme des constellations, et se souvenait des paroles de l'ecclésiastique sur l'ordre immuable des choses du ciel et de la terre, sur la loi nécessaire, sur l'acceptation de la discipline, sur l'obéissance aux règles établies... Puis il rentra et s'endormit à son tour.

L'aventure de Balthazar commençait...

TABLE

Composition réalisée en ordinateur par IOTA

IMPRIMÉ EN FRANCE PAR BRODARD ET TAUPIN
58, rue Jean Bleuzen - Vanves - Usine de La Flèche.
LIBRAIRIE GÉNÉRALE FRANÇAISE - 14, rue de l'Ancienne-Comédie - Paris.

ISBN : 2 - 253 - 02318 - 3

30/5319/6